Sekaiju kara
Horobi no Kenja to
Osorareteita Kedo,
4000 nengo,

c o n t e n t s

世界中から

賢者と

けど、年後

現れ

4

い

2

恋

をする

Ho〇〇i no kenja to
Oso〇〇rare〇〇a kedo,
4000 nengo,
ijime〇〇 okko〇ni
Koi wo 〇uru

プロローグ

《破壊神》と恐れられた村人は、4000年後の学校で変わらず騒ぎを起こすらしい

1

かつて、世界の全てを焼き尽くさんとした《破壊神》シルヴァーズ。その復活を予期し、シルヴァーズを討滅する魔術師たちを育成する為《ため》にアムルヘイド自治州に建てられた賢者学校、その会議室にて。

「やはり、件《くだん》の生徒は退学にするべきです。幾ら魔術師としての腕が優れているからと言って、ここまで被害を出されては……」

「それに関しては何度も話し合い、同じ結論に至ったではないですか。下手に彼を刺激すれば、報復を招きかねないと。そうなった時、貴方《あなた》に彼を止められるのですか？」

本来上座に座るべき学長を欠く会議室で延々と同じ話題を繰り返す彼らは、賢者学校の講師を務める、現代を基準にすれば優れた魔術師たちである。

そんな彼らは議題の中心となっている、とある男子生徒の扱いについて、ほとほと頭を悩ませていた。

「野戦訓練場の森は半分焼失。例の女子生徒以外のクラスメイトは一度死んで蘇生されたことでトラウマを刻まれ、精神療養。彼が編入してから僅か数日の出来事です。それから1ヵ月に至るまでの間にグラウンドや校舎といった様々な学校施設に加え、細々とした備品も大破。担任であるアラン先生は、ストレスのあまり胃潰瘍《いかいよう》になってしまいました」

「そして本人はまるで悪気が無いという、最も質《たち》の悪い事を言っていると」

暗鬱《あんうつ》な雰囲気が会議室に充満する。20歳にも満たない若造相手に腹立たしい話だが、件の生徒は賢者学校の講師が束になっても止められない。本来ならば退学にしてしまいたいところだが、下手に恨みを買って報復されるようなことになれば目も当てられず、現状を維持するしかできない状態だ。

「いずれにせよ、もうじき新しい学長が就任される。判断は新学長にお任せするとして……シヴァ・ブラフマン君は今のところ残留決定ということで……」

「しかしそうなると、もうじき再編成されるクラス分けですが……問題は彼をどのクラスに振り分け、誰が担任になるのかですが……」

自分だけは絶対に嫌だ。そんな思いが会議室にいる全員の脳裏を駆け巡る。もしこんな問題児が自分の担当するクラスに入れば、胃潰瘍で倒れた前任講師の二の舞となってしまうのは明白。

何とかそれだけは避けたいと、全員で無言になりながら誰に損な役回りを押し付けるかを考える。すると、1人の講師が光明を見出したかのように手のひらをポンッと拳槌《けんつい》で叩《たた》いた。

「そうです！　近々新しい講師がくるではないですか！」

2

背中まで届く明るい栗色の髪を後ろで束ねてビジネスーツを身に纏《まと》う小柄な女性は、その鈍《にび》色《いろ》の瞳を真ん丸と開いて、アムルヘイド自治州の学術都市、その中心に位置する賢者学校の職員室で途方に暮れていた。

歳《とし》は20歳を過ぎて3年となるが、その150センチは超えていないであろう身長と童顔極まる整った容姿は未《いま》だに中等部……下手をすれば、初等部の生徒と間違われかねない。

しかし、そんな彼女は歴《れっき》とした、4000年前に世界を滅ぼしかけ、復活を予言された《破壊神》と戦った《滅びの賢者》を……ひいては、それに準ずる魔術師たちを育成するための教職員の1人なのである。

――――それでは今日より我が賢者学校に赴任することになったエリカ・アウレーゼ先生ですが、新人教育の一環として1年5組の担任を務めてもらうこととなりました。

就任初日にいきなり先輩講師たちから「初日からいきなり担任を任されるなど、実に羨《うらや》ましい」とわざとらしい祝福の笑みと拍手を浴びたことを思い出しつつ、担当クラスの教室に向かいながら、新任教師であるエリカはそっと重い溜息を吐く。

(不安だなぁ……。わたし、ちゃんと先生が出来るかな？　……しかも、あの噂の5組で)

それは職場に勤め始めた初日なら誰もが思う不安ではあるが、エリカの気が重くなる要因は初仕事だからというだけではない。

2000年近い伝統を誇る賢者学校だが、今年度から高等部1年生より上の学年は成績ごとにクラスが振り分けられるという、実力主義的な制度が設けられたのだ。

今年高等部に進級、または入学してきた生徒は最初の1ヵ月間は仮のクラスで、成績が纏まれば改めて実力に見合ったクラスに振り分けられるという訳である。

(わたしが担当するのは、一番成績の悪い生徒たちが集まる5組……もっと悪く言えば、落第生かつ問題児の集まり)

そしてそれこそが、エリカが不安に思う最大の理由である。ただでさえ教師として初めての現場だというのに、いきなり底辺クラスの担任を任されては誰だって不安に思うだろう。

きっと教室の中では改造制服に身を包んだ生徒たちが未成年ながらに喫煙し、壁や机は落書きだらけ、窓ガラスは1つ残らず叩き割られているといった無法地帯が広がっているのではないかという、妙な妄想まで働く始末だ。

(ま、まぁ……流石《さすが》に名門校だし、そこまではないんじゃないかなぁって思うけど。……思い、たいんだけど……なぁ)

無理矢理ポジティブに考えようとしてもそれすら阻《はば》まれる。その理由こそが、あの噂の生徒の事だ。

シヴァ・ブラフマン。今年度から高等部に編入してきた生徒なのだが……たった1ヵ月で賢者学校史上最大最悪の問題児と噂《うわさ》されている存在である。

編入試験で州外の武闘派名門貴族の子息を精神的に再起不能にまで追いやり、入学したらしたで、模擬戦でクラスメイトを徹底的に痛めつけて、その8割を不登校にした。

壊された学校の備品や設備は数知れず。魔法では破壊不可能とされるミスリル製のゴーレムを完全消滅。魔力測定場は魔力を放出しただけで大破。野戦演習所は半分が吹き飛ぶ。他にも、校舎の壁に大穴を開けただの、グラウンドに巨大なクレーターを作っただの、物騒な逸話が絶えない。それが嘘ではないという痕跡が至るところに残っているだけに、エリカも安易に否定できない。

（普通ならもう退学になっていてもおかしくなさそうなんだけど）

話を聞くに、いずれも授業の一環である魔法演習によって破壊されているらしい。信じられない話だが、当の本人はワザとではなく加減が出来ないなどと苦しい言い訳をしているとか。

とは言え、魔法演習以外での授業では非常に大人しく、被害も出していない。あながち嘘と断定することも出来ない上に、賢者学校の教職員たちも、圧倒的な破壊能力を秘めた魔法を操るシヴァに面と向かって逆らえず、また放り出すことも出来ない。

少なくとも、賢者学校に置いておけばあの危険人物の行動をある程度縛れる。逆に退学などにすれば、その後シヴァが問題を起こすことで巡り巡ってどんな風評被害が賢者学校を襲うか分かったものではないのだ。

(それ以上にシヴァ君の魔法は確かに強力で、あの行事には使えるかもしれない、かぁ)

今の不利益を優先するか、先の名誉と利益を優先するか。以前まで学術都市を統括しながら賢者学校の学長を務めていたマーリス・アブロジウスが娘のエルザともども失踪し、臨時でアムルヘイド自治州の代表であるドラクル大公が学長を兼任する今の賢者学校では、シヴァの力をいずれ来る行事に活用出来るのではないかと考えているようだ。

(それだったら、わたし《新人》じゃなくて、もっとベテランの先生が担任を務めればよかったんじゃ……?)

いくら使う魔法が強くても、器物や設備を破壊しまくるシヴァは問答無用で底辺クラスである5組に入れられた。ただでさえ問題のある生徒が集まるクラスなのに、そこに特大の問題児が入ったとなれば、誰も担任などやりたがらない。

事実として、シヴァの担任を務めていたアラン・ラインゴットは僅か1ヵ月の間で見た目が30歳ほど老けて髪の毛が全力後退したらしい。今日初めて会った時は50歳くらいの人かと思ったら、実は20代だと聞いて心底驚いた。

端的に言えば、エリカは体《てい》のいい生贄《いけにえ》である。失っても大して損失のない、経験の浅い新米教師に厄介事を押し付けて、元からこの学校に勤めていた教員たちはシヴァを恐れて逃げたのだ。

一体どれほどの問題児なのか……不安で不安で仕方がないエリカだったが、自らの両頬をパンッ！　と平手で叩いて喝を入れる。

（ううん！　そんな弱気になっちゃダメ！　どんな経緯があっても、わたしは今日からシヴァ君の先生なんだから！）

夢か理想か、はたまた信念か。溢《あふ》れる情熱を持って教職の道を選んだエリカは、相手がどんな問題児でも真摯に向き合って導くと決めていたのだ。実際の生徒本人の人となりも知らずに、噂だけで偏見を持つなどあってはならない。

そう思ったら、先ほどまで重く沈んでいた心が不思議と浮き上がってくる。すると丁度良く、1年5組の教室が見えてきた。

（か、隔離教室……。しかも野戦演習所の片隅に建てられた小屋）

1年5組用校舎と、看板が壁に掛けられていることから間違いなくここが5組の教室なのだろう。

成績ごとにクラスが振り分けられるが、もちろん成績が良い方が好待遇で、悪ければその逆だ。最高成績者が集まる1組の教室を見てみたが、そこはまるで貴族の館の大広間のような広さと豪華さに加えて設備が充実していたのに対し、こちらは小さな小屋1つ。

実力主義の結果と切り捨てればそれまでなので大きな文句は言わないが、こうも本校舎から離れた場所に隔離されていると思うところがある。

「な、嘆いていても仕方ないし、とりあえず入ろう」

そして元気な挨拶で生徒たちとの出会いを飾るのだ。エリカは教員になることが決まったその日からずっと考え続けた、生徒たちとの出会いのシチュエーションを頭の中で反芻し、5組の教室である小屋の扉を開けようとした瞬間――

「きゃああああああああああああっ!?」

教室の8割以上が吹き飛んだ。

第一章

《滅びの賢者》と恐れられた村人のスクールライフは、生徒たちに絶望と恐怖を与えるところから始まるらしい

1

事の始まりは3日前まで遡《さかのぼ》る。

4000年前、世界を滅ぼさんとした末に5人の英雄と精霊の主《あるじ》、2柱の神によって討伐されたという《破壊神》シルヴァーズ。時空を超えて復活を果たした最強最悪の存在は今――

「おじちゃん、このニンジンよく見たら傷だらけだ。もっと安くしてくれよ」

「兄ちゃん、根菜相手にその言い掛かりはないだろ。土の中から引き抜いて取るんだから、傷くらい付くって」

学術都市の市場にある八百屋でニンジンを値切ろうと店主と交渉を始めていた。

一見すると何処《どこ》にでもいるような赤茶髪の少年だが、彼は紛れもなく世界中から恐れられたシルヴァーズその人である。

「え？　あ、えー……じゃあ……。くっ……！　ダメだ、この店の野菜は状態が良すぎるものばかりじゃないか！」

「お、おう。ありがとよ。それで、ニンジンは買っていくのかい？」

「あ、はい。買います。とりあえず、3本ちょうだい」

……もっとも、世界を滅ぼすだのなんだのは全て、以前まで掛けられていた呪いの弊害による誤解なのだが。

彼の正体を現代を生きる人々が知れば、目が飛び出るほど驚くか、決して信じようとしないかのどちらかだろう。伝説に語られる《破壊神》なら、野菜を奪うことはあっても、値切り交渉を始めた挙句、ぐうの音も出せずに言い負かされることなどある訳がないと。

何はともあれ、本当の彼は世界の破滅など欠片《かけら》も目論《もくろ》んではいない。今はシヴァ・ブラフマンと名を改めて、賢者学校の学生として暮らしているのだ。

「という訳で、値切ろうと思ったんだけど、無理だった。この本の通りにやってみたんだけど……おかしいなぁ」

【……流石《さすが》に今時、何の理由も無くオマケしてくれるお店は少ないと思いますけど】

「そうなのか？　この本、去年出たばかりだから比較的新刊の部類だと思うんだけど」

左手にニンジンが入った袋を、右手に『買い物上手！　正しい値切りと節約の仕方』というタイトルの胡散臭《うさんくさ》い本を持って、子供のように小柄な少女と共に帰路についた。

色素の薄い灰色の長髪を靡《なび》かせ、翡翠色《ひすいいろ》の大きな瞳でシヴァの顔を見上げながら文字が記されたホワイトボードを向けてくるのはセラ・アブロジウス。この学術都市を統治していたマーリスの実子であるが、故あってシヴァと同居している少女だ。

(揃《そろ》って買い物をしながらこの何気ない会話……まるで前に読んだ小説に出てくる夫婦みたいじゃないか。……うっ、なんか顔が熱くなってきた)

そして何より、シヴァが一目惚《ひとめぼ》れした相手でもある。セラの外見は10歳を過ぎた程度でしかないので、傍《はた》から見ればロリコンだの性犯罪者だのという誹《そし》りを受けざるを得なさそうだが、念のために補足しておけばセラの実年齢はシヴァと同じで、シヴァが生まれ育った４００年前は10歳での結婚など当たり前の時代であった。

「あ、そうだ。ちょっとここで待っててくれ」

【はい、わかりました】

そう言って、シヴァは一軒の道具屋に入る。主に日用品を取り扱っている雑貨店で、中には魔法陣が刻まれた簡単な魔道具もある、品揃えの良い店だ。シヴァとセラが共に暮らし始めた頃、諸々《もろもろ》の品はこの店で揃えたので記憶に新しい。

「おまたせ」

【何を買ったんですか？】

「ん？　いや、その……ちょっと、な」

やけに歯切れの悪い返答にセラは首を傾《かし》げるが、シヴァが言いたくないのであれば追及するのも悪いだろうと、それ以上は聞かないことにした。

「そういや、明後日《あさって》だったよな？　新しいクラスが発表されるのって」

「…………」

小説の読みすぎかつ、童貞少年丸出しな思考を振り払おうとして話題を急に変えるシヴァに、セラは特に疑ったり勘繰る様子もなくコクリと頷《うなず》く。

今日は賢者学校2連休の初日。今も学校では教職員たちが生徒を成績順にクラス分けするのに勤しんでいることだろう。それに伴ってクラスメイトが替わるとなれば、シヴァの懸念事項はただ1つ。

「次もセラと同じクラスになれればいいんだけどなぁ」

「………………」

セラは再び、今度は神妙に頷いた。

今はまだクラスが同じなシヴァとセラだが、成績順にクラスが振り分けられてしまえば、当然離れ離れになってしまう可能性も大いにある。

シヴァと出会うまでは実家でも学校でも盛大な苛《いじ》めを受けていたセラからすれば、それは学校生活における死活問題だろう。以前とは違い、今は立ち向かう気概を持とうとしているが、それでもセラの事を面白く思っていない生徒も大勢いるはずだ。

【……あの……今からでも、自分の身は自分で守る魔法を教えてほしいんですけど、大丈夫ですか?】

セラはそんな文字が記されたホワイトボードをそっと見せてくる。

【忙しかったり面倒だったりすれば別にいいです。教科書を見ながら出来ることをしますから】

「何言ってんだか。別に面倒でも何でもないんだから、頼れるときは頼れって」

遠慮がちな要求をシヴァは快諾した。

以前まで降りかかる理不尽や暴力から身を丸めて耐え忍んでいた少女は今、自らの殻を破って上を目指そうとしている。

シヴァとて男。惚れたか弱い少女を守りたいという欲求は大いにあるが、それ以上にセラ自身が目指す先まで導いてやりたいとも思っているのだ。

「まぁ、流石に今日は遅いから明日になるけど、(俺がいた時代の)魔法の基礎から教えてやるよ。お前くらいの魔力量があればまぁ……エルザを基準にするが、多分学校の連中全員から総攻撃受けても受け流せるかもな。……なんて、素人のセラ相手に大げさすぎたか?」

「…………」

冗談めかして笑ってやると、セラもつられて淡く微笑《ほほえ》んだ。

出会った当初は遠慮しかせずに暗い表情ばかりを浮かべていたのだが、最近はよくこうして笑ってくれている。事実はともかく、これが心を許した証拠だと思うと、シヴァも悪い気はしないどころか気分は絶頂である。

「まぁ、案外俺たちは一緒に1組に行くかもしれないけどな。ほら、成績優秀者から順に1組に行くわけだろ? 1組が満員になれば2組、3組と」

【それは流石に高望みのような気が……思ってたよりも成績が悪いかもしれませんし】

「大丈夫だって」

シヴァは自信を持って言う。

「成績って要は魔法演習の成績の事だろ？　演習内容から察するに、測定器とか対戦相手とか対魔法防御ごと1発で吹き飛ばしている俺とセラの成績が悪い訳がない。これはクラス分け以降は、優雅な学校生活が約束されると見たね」

成績以上に被害が甚大であるから問題児扱いされるのではないか……。期待に表情を輝かせるシヴァに、セラはそんな言葉を告げることが出来なかった。

2

セラは目の前の光景が夢の出来事であると、なんとなく理解できた。

大地を埋め尽くすように蠢《うごめ》く武装した人々……人間、魔人、獣人、亜人と種族ごとに分けられた、いわゆる軍勢と軍勢がぶつかり合い、互いに血を流して裂帛《れっぱく》の気合を咆哮《ほうこう》に乗せる戦士たち。

撃ち合う魔法は現代では見られないほど強大であり、一撃一撃が数百人を大地もろとも吹き飛ばし、張り巡らせる防壁は数万人の軍勢を隕石群から完全に守り切る。

一度は死に絶えた軍勢が光に包まれたかと思いきや生き返り、たった1人の英傑が数万の軍勢を引き裂いて殲滅《せんめつ》する、英雄譚《えいゆうたん》にでも記されそうな戦場だ。

そんな光景を空から第三者の視点として見ていたセラは、かつてシヴァが語った出来事を思い返す。

（これは……4000年前の……？）

古《いにしえ》の時代に起こった史上最大の大戦。夢であるがゆえに偽りの光景であるとは思うが、聞いた話そのものに偽りなしと分かる光景と、本物であると信じてしまいそうになるほど真に迫ったリアリティを感じる。

戦火と血煙で視界が覆われそうな戦場、その悲惨さから思わず目を背けた時、セラは自分の意思とは無関係に天を駆け、戦場から遠く離れた樹海の中へと移動する。

（さっきとは真逆の……平和そうな村）

そこは戦乱とはかけ離れた、木漏れ日が差しこむ穏やかな隠れ里。そこには種族関係なく様々な人種が暮らしていた。

（……もしかして、シヴァさんの故郷の……）

以前聞いたことがある。４０００年前、４つの種族間で起きた戦争のあまりに苛烈さに心も体も耐え切れなくなった者たちが集まり、人間も魔人も獣人も亜人も関係なく、誰の目にもつかない場所で興された、奇跡のように平和な村で生まれ育ったということを。

彼らは揃って戦争からの逃亡者だが、同時に平和な暮らしを夢見た冒険者でもある。この村は先の時代で訪れる、種族に関係なく暮らせる平和な世界を、小規模ながら一番初めに実現させた場所なのだ。

『おい……見つかったか？』

『ダメだ……辺りをくまなく捜してみたが、履いていた靴の片方しか見つからない。昨日も妙な魔物が村に入り込んでたっていうし、もしかしてシル坊はもうその魔物に……』

『馬鹿野郎！　滅多《めった》なことを言うでねぇ！　アデルにイリアさんがどんな想いで過ごしていると……！』

しかしそんな平和そうな村の様子が変だ。村人たちは誰も彼もが不安そうな表情を浮かべ、森の中に入っては誰かを捜しているように動いている。

（……シル坊？）

そして何より気になるのは、シル坊という、小さな少年のような呼称。その名の響きに妙な予感を覚えた瞬間、またしてもセラの視界が切り替わり、今度は村の中に建つ一軒の民家、その一室で小さな十字架を前に膝をついて一心に祈る女性の後ろに移った。

『神よ……どうかお願いします。私と引き換えにしてくれても構いません。どうかシルヴァーズを……私たちの息子を返してください……っ！』

その姿を見て、セラは悟る。この女性こそが、シヴァの母親であるということを。

ただ我が子の無事を一心に願う女性は、幼き日に儚《はかな》くなった精霊の母を、どこか彷彿《ほうふつ》とさせた。

『シルヴァーズ！　どこだ!?　返事をしてくれ！　父ちゃんが……父ちゃんが来たぞー！』

またしても視点が変わり森の中。今度はシヴァの父親だろうか……どことなく彼と似た容姿の男性が、声を張り上げながら必死に森の中を駆けずり回っている。

そんな男性の背後から、木陰に隠れて様子を窺《うかが》う1人の少年。齢《よわい》は恐らく10歳ほどだろうが……それでも、この少年こそが、現代でセラと共に暮らしているシヴァ本人であると分かる容貌をしていた。

『父ちゃん！　俺はここだよ！』

幼き日のシヴァは片足が素足のまま木陰から飛び出し、必死に父に呼び掛ける。父もまたシヴァの声に反応して後ろを振り返った。

その後に続く展開は、普通ならば感動の再会と言ったところだろう。しかし不安そうな表情のシヴァとは正反対に、彼の父親が浮かべた表情は憤怒《ふんぬ》のそれ。

『また出やがったなこの魔物め！』

『うわぁあっ!?』

父親の手から撃ち出された炎の矢は真っすぐ我が子の顔に飛んで行く。地面を転がりながらなんとか避《よ》けることが出来たシヴァだが、太木を燃やしながらへし折るその魔法の威力が、正真正銘の殺意が込められていたということを表していた。

『や、やめてくれよ父ちゃん!!』

『お前が息子を……シルヴァーズを食ったっていうのか!?　息子を返せ!!　くそったれがぁ!!』

間違いなく自分を愛している父親から放たれる、全力で射殺す気の魔法の矢の連射。それから我が身を守るように頭を抱えて逃げ惑うシヴァだが、それでも父の追撃は止まらない。

『俺がシルヴァーズだよ！　本当に分かんないのか、父ちゃん!!』

『……今度は村を……妻を襲うだと!?　そんなことはさせねぇ……もうこれ以上、家族を失ってたまるかぁ!!』

シヴァの言葉が通じない。それどころか、放つ言葉全てが、聞く者の耳で全く別の悪《あ》しき言葉に変換されている。

（これが……《破壊神》を生んだ呪い……っ）

互いに互いを大切に思っているはずなのに、子に掛けられた呪いは他者の目と耳には醜悪に映り聞こえる。

同じく実の父から害されたのは自分と同じだが、最初から愛されていなかった自分とは違い、確かに親子の情で繋がっているのに、どうしてこうなってしまっているのか。これではあまりにも互いが報われないではないか。

セラは掛ける言葉も見つからず、どれだけ伸ばしても物をすり抜ける手を歯痒《はがゆ》く思いながら、人知れず涙を一筋流した。

3

やけに鮮明に記憶に残る夢から覚めたセラは、目尻から枕に流れる涙を拭いながら起き上がる。

（どうしてあんな現実味のある夢を……？）

あれは単なる夢だったのか、それとも……と、そこまで考えて、思考を止める。所詮はただの夢の話……あまり気にする必要もないし、何より4000年前に終わった戦争のことだ。

そう割り切ってベッドから起き上がり、着替えようとする直前、ドアからノックが聞こえてきた。

「セラ、起きてるか？」

シヴァの声だ。朝はセラの方が早く起きることが多いので珍しいと思いながらホワイトボードを手に持ち、扉を開けると、どうにも落ち着きのない様子でシヴァが立っていた。

【あの……？】

「いや、その……コレ、なんだけど、さ」

やがて意を決したかのように小さな紙包みをセラに手渡す。一体なんだろうかと首を傾げていると、「開けてみてくれ」と促されたので封を解いて中身を確認する。

【これは……櫛《くし》、ですか？】

中身は、小さな魔法陣が描かれている以外はシンプルで品の良い小さな漆塗りの櫛だった。これは一体どういうことだろうと、櫛とシヴァの顔を交互に見ながら困惑するセラに、シヴァは照れたように明後日の方向を見ながら頬を掻く。

「ほら、最初に日用品を買った時にさ、セラって自分の身嗜《みだしな》みを整える道具とか買わなかっただろ？　一緒に暮らし始めてからもずっと遠慮ばっかりで、自分用の道具とかも買ってなかったからさ、日頃の家事をしてくれる感謝にって思って。長い髪だし、毎日の手入れが手櫛じゃ大変だろうと思って。それで梳《す》くだけで寝癖とか一発で直って、髪もサラサラになるっていう魔法陣が描かれててさ、小さいけどすっげー人気らしいんだよ」

つまり簡単に言えば……プレゼントである。先日、シヴァが道具屋に寄ったのはこれを買うためだったのだろう。まさかそれを貰《もら》えるとは思っていなかったセラだったが、照れを隠すように捲《まく》し立てるシヴァの顔と、彼が後ろ手に持つ『正しい贈り物』という付箋だらけの本を見て、顔が赤くなるのを自覚しながら俯《うつむ》く。

【あ、あの……ありがとう、ございます。ずっと……ずっと大事に使います】

「お、おぉ……気に入ったならよかったよ。それじゃあ、俺は下で待ってるから」

そう言い残して1階に降りていくシヴァの足音を聞きながら、セラはベッドの端に座りながら、自らの長い髪を一房摑んで櫛で梳かす。幼少の頃、メイドにしてもらってからまともに櫛を入れた事のない髪は、櫛に描かれた魔法陣の力を発揮し、寝起きで少し乱れた髪を瞬時に直していく。

（………嬉しい）

そうして普段よりも一層艶《あで》やかになった一房の髪で口元を隠しながら、セラは今の気持ちを噛みしめる。こんな幸せでいいのだろうか……長年にわたって実父や継母《ままはは》、義姉《あね》からの虐待に晒《さら》され続けた少女は、時々そんなことを考えるが、今ほどそう感じる時はない。

金銀財宝などよりも、本当の意味で宝物となった櫛を大事に仕舞《しま》い、セラは衣装棚の前に立つ。開けてみると、そこには以前服屋で購入した簡素な服が数着収められており、とりあえず寝間着から着替えようと手前の服に手を掛けると、衣装棚の奥に、畳まれた服が山のように仕舞いこまれているのが見えた。

（これは……）

初めて服を買いに行った際、服を購入することを遠慮したらシヴァに襟首を摑まれて、服飾店の店員によって着せ替え人形の如《ごと》く色んな格好をさせられたことを思い出す。

最終的には仮装大会のような状況に発展。メイド服、踊り子、着物にチャイナドレス……そして黒猫ボンデージ。実はこれらの衣装は、正式に商品化されていない試作品の類《たぐい》であったらしく、服飾店の店員があの状況にかこつけてセラに試着させた物で、まるで着せ替え人形状態にしてしまったお詫びにと譲り受けたのだ。ちなみにこのことをシヴァは知らない。

（どうしよう）

恥ずかしかったからこれまで着ることが無かったが、いつまでもこのままというのも、無料で譲ってもらったものとはいえ忍びない。流石に露出の高い服……特に黒猫ボンデージは着るのに抵抗があるが、それ以外の服ならと……セラは着物に手を伸ばした。

東の国、ヤマト国の伝統衣装は大陸人であるセラからすれば独特でありながらも、花と蝶《ちょう》の刺繍《しゅう》が華やかな一着。実を言えば、個人的には気に入っていたりする。少しくらいならと、勇気を出して着てみようとしたのだが――

「………？　………っ？」

なかなか上手《うま》く着られない。コートのような服の前部分を、帯で締めて留めるという、一見すると簡単に着られそうな服なのだが、これが案外難しい。

「っ!?」

着替えるのに悪戦苦闘する中、セラは床を引きずりそうになるほど長い着物の裾を踏んで転んでしまう。幸い怪我《けが》はなかったのだが……転んだ際に生じた音は意外と大きく響き渡り……しかも部屋の扉を閉め忘れていて――

「どうした、何か転んだみたいな音が聞こ……えて……」

その状況を、心配して駆けつけたシヴァが見るのはある意味必然であった。部屋の扉を閉め忘れるという痛恨のミスに気付いた時には時すでに遅く、サーと血の気が引くのと同時に、羞恥で顔が赤くなるという矛盾した状態に陥るセラを、シヴァは茫然《ぼうぜん》と見遣《みや》る。

【え、えっと……！　あの……こ、これは……！】

転んだ拍子に床に落ちたホワイトボードに偶然片手で触れながら慌てふためくセラ。そんな彼女の身なりは、華やかな着物が乱れ、華奢《きゃしゃ》な白い肩も慎《つつ》ましい胸元も露出し、細く形の良い脚も下着まで見えてしまいそうな程に露出している……そんな艶姿《あですがた》であった。

「ふー……」

必然、シヴァは鼻を押さえながら窓を開け、外に飛び出ると同時に炎の噴射を推進力に変えて遥《はる》か大空の先にある宇宙空間へと飛び出す。

周囲を一切気にする必要のない宙《そら》の中、シヴァは全身を駆け巡る性欲全てを炎として放出……半径5キロにまで及んだその大火球は、地上の人々に「太陽が2つになった」と再び騒がれる事態となった。

4

「あー……それじゃあ、早速魔法について教えていこうか」

【は、はい……】

シヴァが購入した大きな屋敷の庭では、鼻を焼き潰して鼻血を止めたシヴァと、羞恥で顔を真っ赤にしたセラが向かい合っていた。

「ま、とりあえず、魔法が何たるかのド基礎から教えようと思います。お前、そこら辺まだ教えて貰ってないんだろ?」

「…………」

コクコクとセラは頷く。幼少時から様々な虐待や学校での苛め、教職員からの不当な扱いを受けてきた彼女は、こと魔法に至っては知識がほぼ無いに等しい。

シヴァの入学と共に高等部に進学してからは幾度か魔法を使いはしたが、それもシヴァが魔法陣の描き方を1から10まで懇切丁寧に説明したからであって、その原理や効果まではセラの知識の範疇《はんちゅう》にはないのだ。

「簡単に言えば、自然界や生物の中に大なり小なり存在している魔力というエネルギーを、魔法陣っていう世界の理《ことわり》に干渉する機構に流すことで超常現象を引き起こす。それが魔法だ。……

もっとも、細かく説明すると馬鹿みたいに長くなるから、成り立ちとかは省いておいて、まずはこれを覚えておいてほしい」

【……えっと、魔法は魔力と魔法陣があれば使える……ということですか？】

「そう」

魔力というのは基本的に無色の力だ。大量放出すれば濃度が上がるにつれて圧力を得るようになるが、基本的には魔力だけあっても何の役にも立たない。精々灯《あか》り代わりくらいだろう。

しかしこの魔力、特定の流れ方をすると様々な現象を引き起こす特性を持っている。その流れ方に規則性を持たせ、狙った現象を引き起こすためのものが魔法陣なのだ。

「だから魔法を使うのには魔法陣が必要不可欠。これは魔力の燐光《りんこう》だろうが、そこら辺のペンだろうが、何なら砂に描いたものだろうと、魔力を魔法陣《設計図》通りに流せれば問題なく発動できる。たとえ魔法を使う張本人が、魔法陣の内容を理解できていなくてもな」

【……そう言えば、私も今まで魔法陣の内容を理解せずに使えていました】

「ちなみに、今お前が持ってるホワイトボードの中にも魔法陣が描かれているぞ。それは手に持つ者の魔力を少しばかり吸い取って発動する魔道具だからな」

魔法陣は技術でもあり、一種の道具でもある。そして道具でもある以上、誰にでも扱えるので、容易に手口を見せるような真似をしてはいけないのだ。

……特に、デカデカと相手に見えるように魔法陣を描き、その内容を覚えられたら、どんなにオリジナリティに溢《あふ》れた魔法陣でも真似されてしまうし、発動前に容易に対応策を取られてしまう可能性も高い。

「だから俺の場合は外からは見えない場所……皮膚の下や骨とか内臓に魔法陣を描いているんだが……どうもこの時代では、魔法陣を隠すのは当たり前じゃないみたいでなぁ」

セラとて、シヴァと出会う前は、魔法は魔法陣とともに現れるものと思っていた。４０００年も続く平和の弊害というものだろう……自分の魔法の情報の漏洩《ろうえい》対策があまりに杜撰《ずさん》であると、シヴァは思わざるを得ない。

「目の届かないところに魔法陣を描く自信がないなら、あまり得策じゃない手段として、服の裏側とか手袋の裏側とかに予《あらかじ》め魔法陣を描いておくっていうのもある。これは服とか手袋が破損したら魔法陣も使い物にならなくなるから、本当にお勧めしないけど」

【……そういえば、一度だけシヴァさんが魔法陣を見せてから魔法を使ったところを見たことがあるのですけど……あれは？】

先日の悪魔との対決の最中だろう。確かに先ほどの持論に反して、敵前で堂々と魔法陣を晒したことをシヴァは覚えている。

「見えない場所となると描ける魔法陣の大きさにも限度がある。そういった時には苦肉の策として魔法陣を晒すことになるが、その場合はこれから使う魔法の内容を理解されないように魔法陣を複雑にしたりとか色々やって、簡単に真似や対処されないようにするんだ」

ただ……と、シヴァは人差し指を立てる。

「世の中には、魔法効果の強大さを求めるあまり、魔術師単独じゃあ即席で描けない魔法陣が存在する。そうした時に使うのが、そのホワイトボードみたいな魔道具だ」

加えて言えば、シヴァが誇る最強の魔法陣が記された魔導書、《火焔式・源理滅却《アヴェスター》》もその類の魔道具だ。

戦闘用だろうとそうでなかろうと、魔法の性能や出力は魔法陣に依るところが非常に大きい。逆に言えば、魔法陣が無ければ魔術師は魔術師たり得ない。

「他にも剣のなかに仕込んだり、宝玉の中に仕込んだり、魔法陣を成立させることができるだけのスペースがある物なら、何でも魔道具にできる。もっとも、これも壊されたらお終いの苦肉の策と言えるから、できる限り頑丈にして、傍からは魔法陣が見えないようにしないとだけどな」

「…………」

数度頷きながら、セラは教わったことをノートにメモしていく。元々、魔道具の力を借りなければ字を書くことすら覚束《おぼつか》ない彼女が記し終えるのをゆっくりと待ち、シヴァは次の基本を教える。

「で、次は魔法《機構》陣を動かすための魔術師本人の力。これは大まかに魔力と適性属性の2つに分けられる」

【……適性属性？】

魔力に関しては分かるが、後者についてはあまり知らないセラは首を傾げる。幾度か耳にはしたものの、その詳細についてはちゃんと説明を受けたことがないのだ。

「人類には自然界の五大元素、地・水・風・炎・雷の適性があるんだが、どの属性への適性があるかは、個々人によるわけよ」

「……？」

「つまりそうだな……属性への適性を仮に100という数値で表すとしよう。この100の適性数値が5つの属性に振り分けられるんだが、それは生まれる前から既に振り分けられてな、大抵は2～3の属性に振り分けられるんだ」

魔力の燐光で宙に描いた図を使いながら説明を続ける。

「中には5つの属性に振り分けられる奴もいれば、俺みたいに1つの属性に全適性数値を振り分けられる奴、極めて少数派だが適性属性のない奴もいる。一見すると幅広く適性が振り分けられた奴の方が有利に見えるだろうが、実は1つの属性に対して多くの適性が振り分けられれば、その属性魔法を使う時に効果が増大する。だから一概にどんな魔法でも幅広く使える奴が優れているとは限らない。言い換えれば器用貧乏ってことだからな。……ここまではいいか？」

「…………」

コクリとセラは頷く。

「適性が無い属性の魔法も使えないことはない。さっきも言ったとおり、魔法陣さえあれば魔力のある奴はどんな奴でも使えるからな。ただしその場合、適性がある奴に比べて威力が見劣りしたりするんだが、どんな不具合が出るかは個人による。俺の場合は、威力や範囲といった調整が全く利かなくなるってことかな」

【……もしかして、いつも手加減してるって言いながら得意な魔法しか使っていないのって】

「……正直、炎魔法以外の魔法を使えば、どんだけの範囲に魔法が及ぶか分かったもんじゃない」

遠い眼で明後日の方向を向くシヴァ。

別に手加減する気が無くて得意な炎魔法しか使わないわけじゃない。炎魔法以外の魔法を使えば、より広範囲を巻き込む超威力の攻撃になりかねないからだ。

言うなれば、炎魔法の方がまだマシ。無駄に魔力も消費するし、遠くにいる無関係の者も巻き込む可能性が高いから、殺傷力と破壊力が高くても炎魔法を使わざるを得ないのだ。

「じゃあ自分の適性属性はどうすれば分かるの？　って話になるわけだが、これは実際に魔法を撃ってみれば分かる」

そう言ってシヴァは中空に円の中に紋章を1つ描いただけの非常に簡素な魔法陣を5種類描く。

「これはそれぞれ、地・水・風・炎・雷を表す紋章だけを記した簡単な魔法陣でな。出力を上げる術式とかも一切描かれていないから、実際に撃ってみても全然威力が出ないが、適性を測るには十分。セラ、この魔法陣に順番に魔力を流し、魔法を発動してみてくれ」

シヴァは土魔法で土くれで出来た壁を魔法陣の先に隆起させる。やたらと広く高い壁になったのは適性の無さゆえだろうが、そんなことは些末事《さまつごと》だ。

セラは恐る恐る魔法陣を順番に発動させていく。魔法陣から発射される小さな水の弾、礫《つぶて》、電流に火球、風の刃が脆い土くれの壁を傷つけるが……どれも均一な損壊に見える。

「……これは見分けるのが面倒なパターンが来たな」

【どういうことですか？】

「威力は同等。だがいずれも制御に若干の乱れがあった。……つまりお前は、これら5つの属性への適性が無いのか、まったく別の隠し属性があるのかもしれない」

隠し属性。そんな新しい用語にセラは疑問符を浮かべる。

「5属性のどれにも属さない属性の持ち主ってことだ。全体から見れば少数派だけど、別に珍しくはないから、属性なしって考えるより、隠し属性の可能性が高いだろうな」

【……それは見分けられるのでしょうか？】

「正直言ってむずい。何せ隠し属性は多岐にわたるからな……泥とか草の属性、中には時間や空間の属性なんてものまである。絞り込むのは容易じゃない」

思わず項垂《うなだ》れてしまうセラ。これから身につけてみようと思った魔法、その第1段階である適性検査で躓いてしまえば無理もない話だ。

そんな彼女を見かねて、シヴァは慌ててフォローに入った。

「ま、まぁ俺がいた時代から4000年も経《た》ったからな！　適性検査の技術も上がっているかもしれん！　とりあえず俺も手伝うから、明日学校で色々調べてみよう！」

【……ありがとう、ございます】

少し持ち直してくれてホッとしたシヴァ。そんな彼に対して、セラはホワイトボードとシヴァの顔を交互に見ながら狼狽《うろた》えていた。

「どうした？　何か言いたいことがあるなら言ってくれてもいいぞ」

「…………」

ジッとシヴァの顔を見据えてから、セラはおずおずとホワイトボードを見せる。

【シヴァさんにも、分からないこととかあったのに驚きました】

「はぐぅっ!?　…………も、もしかして、なんか失望しちゃったり……した？」

「……っ!!」

ショックを受けるシヴァに対し、ブンブンブンと、何度も首を横に振るセラ。

【私から見たシヴァさんは、本当に凄《すご》い人だったから……。悪魔よりも神様よりも強い魔術師だから、勝手に何でも知ってて、何でも出来る人だって、私が思い込んでいただけなんです】

「何でも知ってて出来る凄い奴……か」

その文字を見たシヴァは思わず恥ずかしそうに頬を掻きながら苦笑を溢《こぼ》す。

「セラ。何か勘違いしてるかもしれないが、実は俺に出来ることってあんまり多くない」

「……？」

その言葉こそセラにとっては意外だった。シヴァは強く逞《たくま》しく、死人すら生き返らせることが出来る魔術師だ。そんな魔術師が自分に出来ることが少ないなどと言ってしまえば、他の魔術師は一体何なのだという話になってしまう。

「俺は戦いに関することはとことん追求してきた。ただ生きるためにな。……逆に言えば、それ以外の積み重ねをしてこなかったんだよ。適性検査にしても、家事にしても、友達作りにしてもな」

世界中から恐れられ、《滅びの賢者》と謳《うた》われた男は欠点だらけの男だ。敵を打ち倒すことと、自分自身が生き延びる術《すべ》は徹底的に磨いてきたが、一芸に秀でた彼はそれ以外の事が人並み以下にしかできない。

「だから俺、実は賢者学校には少しだけ期待してるんだよ」

【……そうなのですか？】

魔法実習では常に相手を圧倒し、真面目でありながら退屈そうにしているシヴァを見てきたが故にセラはそう問い返してしまう。

「意外か？　確かに、戦う事前提の授業ばっかり受けさせられているけど、学校である以上、誰かの役に立てることも教えてくれるかもしれないだろ？　……多分、それが俺に今まで足りなかったことかもしれないからな」

そう言ったシヴァは、少し寂しそうに笑った。

5

連休が明けて登校日。シヴァとセラは紺を基調とした制服に身を包んで、並んで通学路を進んでいく。

途中ですれ違う生徒たちが避けるように道の端に寄ったり、逃げるように走りだすのは……悲しいことにいつもの事なので気にしないようにする。

（だが今日からが本番だ）

仮のクラスから本決まりのクラスに変更になれば、学校内での人間関係もある程度変わる。この1ヵ月の間に犯した失敗は過去に流し、新しくやり直すチャンスなのだ。

今避けているのだって、大方元のクラスから流れた噂《うわさ》を聞いただけで、実際に接した生徒はいない。呪いが解けて言葉も問題なく通じるようになったし、いざ話してみれば案外普通だと気づいてもらえるはずだと、シヴァは鼻息をフンスと吹く。

「えぇっと……クラス分けの表はどこに張り出されるんだったか」

【校舎玄関の横の、掲示板だったと思います】

下駄箱が置いてある玄関口、その隣に設置された掲示板を見てみると、確かに高等部1年生と思わしき生徒たちが密集している。

「あの中を割って入ってクラス表見るのも大変だろ。何なら肩車でもしてやろうか」

「…………」

セラは少しだけムッとした表情を浮かべる。同い年相手に完全に子供扱いは業腹なのだが……ふいにシヴァは気まずそうにそっぽを向いた。

「いや。やっぱり今のなしで頼む」

「……？」

急な変化に首を傾げるセラ。当の本人は子供扱いされたと思っていたのだが、そんなわけがない。

（しまったなぁ……つい冗談で言っちゃったけど、今の発言セクハラだったよな？　……好感度下がったらどうしよう。あぁ……でも勿体《もったい》ないことをしたような……）

肩車なんてすれば、あの華奢な白い太腿《ふともも》で自分の顔を挟むに等しい。いくら容姿が整っているとは言っても、他人から見れば子供同然の身長をしているセラ。だが、シヴァの恋愛観からすれば外見的にも実年齢的にも結婚できる立派な女。

ゆえに肩車をしようかなどと言うのは立派なセクハラ発言だったと自分の発言を悔いているのだが、幸か不幸か2人は互いの認識の違いに気づいていない。

「と、とりあえず行ってみるか。人混みで入れないなら、俺が割って入ってお前のクラスも見てきてもいいしな」

なんとなく気まずくなったシヴァは先を促して人混みに近づく。すると、シヴァに気が付いた同級生たちが一斉にギョッとした表情を浮かべ、慌てて道を作った。

「………そんなに怯《おび》えなくても」

「………っ！」

シヴァはこの反応に両眼を片手で覆って静かに涙を溢し、セラはセラで申し訳ないことをしたとオロオロしている。

とりあえずクラスを確認してさっさとこの居心地の悪い空間から脱出しようと、シヴァたちはクラス表を確認した。

「俺たちは魔法の実習は高得点ばかりだったはずだからな。これは1組配属間違いなしと見た」

という訳で、シヴァは真っ先に1組のクラスメイトの名前が羅列された表を確認するが……そこにはシヴァの名前もセラの名前も記されていなかった。

「あれ？　おっかしいなぁ……読み飛ばしちゃったか？　……ん？　どうした、セラ」

「………」

首を傾げるシヴァの服をクイックイッと軽く引くのは、シヴァとは反対に真っ先に5組を確認したセラだった。

そして5組のクラスメイトの名前が羅列された表を指し示し、それに釣られてシヴァもそこに目を向けると――

聖暦4051年度アムルヘイド賢者学校1年5組生徒一覧
以下の生徒たちは成績不振により、更生クラスである5組に配属することを決定します

シヴァ・ブラフマン
セラ・アブロジウス
……
……

アムルヘイド賢者学校より

「な、何で？」

6

「こんな筈《はず》では……」

「………っ！」

どんよりと項垂れながら5組の教室に向かうシヴァの隣で、セラはホワイトボードを両手に持って何とか励ましの言葉を送ろうとするが、何を言えばいいのか分からずにオロオロとしていた。

クラス表を見に行った後、魔法実習の成績は悪くなかったはずだと職員室に直談判《じかだんぱん》しに行ったのだが、要約すれば「器物破損や障害沙汰多数を引き起こしたため素行不良と判断。退学にならなかっただけマシと思ってほしい」と言われ、実にもっともな現実を突き付けられたのだ。

しかも正当性は向こうにあるのに、やけにビクビクとしながら対応されたものだから余計に傷ついたらしい。ちなみに元担任のアランはシヴァの顔を見た途端、悲鳴を上げて腰を抜かし、最近すっかり薄くなった頭から髪の毛をパラパラと落としていた。

流石にそんな様子を見てはシヴァも引き下がらざるを得ない。こうなってしまったのは仕方ない、学校に在籍できるままならまだマシな方とポジティブに考えていたのだが、やはり思うところはあったようだ。

「……ッ」

結局言葉が出なかったセラは、せめて行動だけでもとシヴァの手を握る。

せめて自分だけはシヴァから離れない。言葉を話せない彼女なりの態度に、シヴァは少しだけ明るい表情になった。

「……悪いな、セラ」

「……っ！」

ブンブンブンと、首を横に振る。色々と助けられているのは自分もだ。だからそれは言わない約束である。

「とりあえず悩んでも仕方ない。それで……確か地図によるとこの辺りに教室があるんだが」

【シヴァさん。あれだと思います】

案内板を当てにして辿《たど》り着いたのは野外演習所の片隅。校舎から少し近い場所に位置する森林の中で辺りを見回すと、セラは新築されたような新しい小屋を見つけて、シヴァの服の端を軽く引く。

「……これは隔離施設とやらじゃなかろうか？　他のクラスはみんな校舎内なのに、5組だけこんな……」

【えっと……あの……】

下手な励ましや嘘、おべっかを使えないセラはこういう時何も言えなくなる。というか、事実として隔離教室なのだろう。

何せ振り分け前から、高等部2学年と3学年からもたらされる情報によって、5組に振り分けられる生徒は揃いも揃って問題児ばかりだという話が生徒間に流れているのだ。

所謂《いわゆる》そんな不良生徒たちに他の優等生たちと同じ教室、同じ校舎を使わせるなどとんでもない。

実力主義の学校らしい発想である。

「さて……まず教室に入るのに当たって大切なのが第一印象になるわけだが」

もっとも、シヴァ本人は新たなクラスメイト達《たち》とどういう接し方が出来るのかが重要らしい。

扉の前に立ち、『第一印象で決まる人間関係』などという本を片手に持ちながら、そんなことをやけに真剣な表情で宣《のたま》っている。

「この本によれば、ここでどんな挨拶をするかでクラスでの扱いが変わってくるそうだ。黙って教室に入れば陰キャ、元気に入れば陽キャという具合に。一見すると元気に入れば良いようにも思えるが、下手をすれば五月蠅《うるさ》くて痛々しい奴だと思われかねないそうだ」

【そうなのですか？】

全て本に書かれている、という前提の話なのだが、残念ながらそれを指摘できる者がどこにもおらず、二人は互いの価値観だけを頼りに話を進めていく。

「なのでここは間を取り、騒がずに、それでいて黙って入るわけでもなく、挨拶をしながら入ることにしよう」

【あのあの……私はどうすれば……？】

「初めの挨拶をボードに映して胸の前に持てばいいと思うぞ」

しかし珍しく穏便な手段をとるシヴァに、セラは内心で安堵《あんど》した。それくらいなら、何らかの被害が出ることもないだろうと。

「よし、では早速。……どーもー、これからよろしくー」

【お、おはよう、です】

大きすぎず、小さすぎず、そんな声量と共に小屋の中に入ると、そこには男子生徒ばかり26人いるのを一瞬で確認したシヴァ。しかし彼らは一様に柄が悪い。

目つき鋭くこちらを睨《にら》んでいるし、制服には全て刺繍が入るか切り裂かれるか、何らかの改造が施され、威圧的な入れ墨を入れてアクセサリーを身につける者ばかり。

名門校の汚点、不良の巣窟とはよく言ったものだろう。良くも悪くも行儀の良い他のクラスの生徒たちとは明らかに違う。

「やぁ！　君もこのクラスの一員かい？　僕はハミエル、よろしくね」

「お？　お？　お、おう。よろしく」

早速心が若干折れそうなセラとは対照的に、周囲から集中砲火のように向けられる眼光を前にしても平然としているシヴァに、１人の男子生徒が近づいてきた。

ハミエル。そう名乗った少年は５組の中ではかなり異質な存在だ。一見すると善良で品行方正な生徒のようで、緊張しつつも柔和に明るく入ってきた2人を歓迎する。

　こういう成績不振者もいるのだろうか？　しかし、長年悪意に晒されてきたセラは、この少年からは嫌な予感しか覚えない。それをシヴァにも伝えようと、彼の服を引っ張ろうとするが、それに割って入るかのごとく、ハミエルはシヴァの肩に親し気に腕を回す。

「これから1年、僕たちクラスメイトは皆仲間だ！　だから君たちとも親しく……もっと言えば、友達になりたいんだよ」

「と、友達に!?」

「そうさ！　同じクラスの仲間なんだから、いがみ合うより仲が良い方が良いだろう？」

「そ、そうだな！　まさしくその通りだ！」

　パアッと明るい表情でハミエルの言葉に同意を示すシヴァ。恐らく呪いを受けてから初めて、相手から親し気に話しかけられたためか、それが嬉しくて疑うという選択肢が頭から飛び出してしまっているらしい。

　そんなシヴァを周りの男子生徒たちはニヤニヤと底意地が悪そうに笑っている。これはシヴァを嵌《は》める気だと、証拠はなくとも、長年のいじめられっ子としての勘が確信を告げていた。

「今クラスの皆と親睦を深めるために、そこの机でちょっとした腕相撲大会みたいなのを開いているんだ。シヴァも僕らの友達として、是非とも参加して行ってよ！」

「し、仕方がないなぁ～。せっかく友達になれたんだから、ちょっと頑張っちゃおうかなぁ～」

（ぜ、全然仕方がなさそうに見えないです……！）

先ほどから妙にシヴァの琴線をくすぐる発言を連発され、彼は実にチョロく騙《だま》されて机に座る。

その対面には、極めて大柄で両腕の筋肉が発達した、本当に同い年か疑いたくなるような生徒が座っていた。

「あ、あくまで交流会だから、肉体強化含めて魔法は無しにしてくれよ？」

「分かってる分かってる」

普通、あんな大男と腕相撲することになれば、対戦相手の心配をするだろう。魔法が使えないとなると尚更《なおさら》だ。しかし、セラが抱いた心配は真逆の相手に向けられる。たとえそれが、悪意に満ちた感情を宿しながらシヴァの対面に位置する男たちであってもだ。

セラはシヴァの背中の布地を掴んでグイグイ引っ張る。その意図に気が付いたのだろう、シヴァは実に良い笑顔で親指を立てながら、自信満々に告げた。

「大丈夫だ。俺だって日々手加減の練習を怠ってない。今度こそちゃんと手加減するからさ」

シヴァはセラの不安に的確に気が付いたのに、妙な不安しか覚えなかった。

7

（ケッケッケッ！　掛かりやがったな！　こんなあからさまな手口に引っかかるなんざ、おめでたいヤローだぜ！）

何の疑いもなく、むしろ嬉しそうに席に着いて大男の手を握りながら肘をつくシヴァに、ハミエルは人の好《よ》さそうな笑みを浮かべながら、内心でそんなことを呟いていた。

名門校での不良となれば、その殆どが親の金や影響力をバックにつけた有力者の子息に貴族の出だ。実際、1年5組の生徒はシヴァを除いて貴族出身者である。

親からの束縛、ままならない現実から逃げるように非行に走り、成績不振の烙印《らくいん》を押された彼らを纏《まと》める者こそが、アムルヘイド自治州の統治者の1人である、クリメルナ侯爵の五男坊であるハミエルであった。

エルザが父親であるアブロジウス公爵と共に姿を消してから、この賢者学校で最も親の威が大きい生徒の1人である。しかしそんな彼は五男という跡取りからは程遠い立場に甘え、非人道的な魔法と手段、親の金を使って学校の同じような境遇に身を置く不良生徒たちを支配下に置いたのだ。

（あの机の収納スペースには、敗北という条件を満たすと同時に俺様への隷属化の契約が自動で働く魔法、《敗者隷属《ルズサヴァ》》の魔法陣が仕込まれている！）

簡単に言えば、シヴァが腕相撲で敗北すれば、ハミエルの言うことには絶対服従の魔法契約を強制的に課されることになるのだ。ハミエルはこういった魔法を不意を衝《つ》くように用いて手下を増やしてきた。

（あの生意気なエルザのクソアマを魔法でボコったんだってなぁ？　てめーを俺の奴隷にしてやりゃあ、俺はこの学校をシメたも同然ってわけだ！）

ハミエルはエルザの事をちょっと上手く魔法を使える程度でいい気になっていると心底気に食わなかったが、その実力は認めていた。彼自身もまた、賢者学校入学から数年の間は、今のように腐らずに栄えのある魔術師になれるよう鍛錬を重ねていたからこそ、余計に。

（そんなお前でも、魔法抜きになれば、この岩をも持ち上げる《怪力》ブロリンには勝てねぇだろ！）

彼の手下の中でも最強の男。この男を金の力と小狡《こず》るさで従えるようになってからは、ハミエルは表では優等生を装いながら、裏では参謀気取りで悪事に手を染めるようになっていた。

そんなハミエルは勝利と栄光を確信しながらシヴァの後ろから彼を見守るセラに視線を向ける。春季休校前まではは薄汚れた浮浪児のようなボロボロの姿をしていたのに、休み明けになった途端見違えるような美少女に変貌を遂げていた。

自分には体つきが幼過ぎて相手をする気になれないが、あの手の娘を欲しがるものなら幾らでも知っている。大金も手に入る確信を得て、ハミエルは舌で唇を舐《な》めずりまわすと、自らレフェリーを務めるためハミエルが試合のゴングを告げた。

「レディ……ゴーッ！」

その次の瞬間、ブロリンの腕は叩きつけられると同時に、机もろとも木端微塵に粉砕される。

「うぎゃぁあっ⁉」

飛び散る木片と血肉に驚くのも束《つか》の間、惨劇はそれだけでは終わらず、ブロリンは自らの肩を中心に風車の如く、それでいて残像を残すほどの速さで猛回転を始めたのだ。両足は砕け散り、木の床材は床下の地面ごと大穴が開き、まるで強烈な風魔法のような烈風が巻き起こる。

『『ぎゃあああああああああっ⁉』』

下手人《げしゅにん》であるシヴァと、彼の体が遮蔽物となって風除《かぜよ》けの中に居たセラ、そして哀れにも人間風車と化したブロリンを除いた1年5組の生徒たちは揃って教室の後ろの壁に叩きつけられた。

まるで見えない手で押さえつけられたかのように、身動きが取れなくなった彼らは泣きながら事の顚末《てんまつ》を見守ることしかできない。そしてそれは、最悪の結果で終わりを告げる。

ブロリンの肩が捩《ね》じり切れ、彼の筋肉質の巨体は螺旋の軌道《きどう》を描く砲弾と化して男子生徒たちを教室ごと木端微塵に砕いたのだ。

一瞬の間に視界の中で飛び散る血と肉と骨。自分もまたそうなるのだと確信すると同時に恐怖した瞬間、ハミエルの意識はそこで途絶えた。

結果、教室の9割近くとクラスメイト26名が粉砕されることとなった。そんな惨劇を前にして、シヴァも呆然《ぼうぜん》とする。

「……おかしい。これ以上はないってくらい手加減したのに」

軽く相手の腕を押さえつけようとしただけのつもりだった。だというのに結果はこの有様、努力空《むな》しく実ることは無かったのだ。

とりあえずこのままにするのは不味《まず》いと感じ、炎の鳥を模《かたど》る蘇生《そせい》魔法、《生炎蘇鳥《フェニクス》》を発動させ、死亡したクラスメイトたちを一斉に蘇生させるシヴァ。

「す、すまん。やりすぎた。大丈夫か？」

「ひ、ひぃいいいいっ!?　く、来るな！　来るな化け物ぉおおおお!!」

「た、たしゅけてママぁあああああああああああっ!!」

「ああああああああああああああああああああああああ!!」

しかし蘇生させると同時に手を差し伸べたものの、返された反応は恐怖と拒絶のみ。新しいクラスメイトたちは涙も涎《よだれ》も鼻水も小便も垂れ流しながら一目散に逃げだした。

いつも通りといえばいつも通りだが、変わらずショックな反応に動きが止まり、シヴァは彼らに追いすがることも出来ない。やがて全員の姿が辺り一帯から消えてなくなると同時に、シヴァは両手両膝を地面につけて項垂れた。

「……またやっちゃった……今度は自信があったんだけどなぁ……」

「…………」

セラは何も言うことなく、シヴァの頭を抱きしめ、髪を梳くように撫《な》でる。最近失敗して大きく落ち込む時、よくする慰め方だ。シヴァにとって、下手な言葉よりも胸に来るものがある。

そうしてしばらく経ち、セラは吹き飛ばされて9割残骸と化した教室を見回し、掃除が大変そうだと思っていると、元々扉があったその向こうにあるモノを見つけた。

【シヴァさん、あれを見てください】

「ど、どうした？　出来ればもっと俺を胸に抱いて慰めてくれても…………って、あれ？」

胸の中から解き放たれて少し残念に思いながら、セラが指し示す方向を見てみると、そこには目を回して気絶する小柄な女性の姿があった。

8

それから少し経ち、目を覚ました栗色の小柄で童顔な女性は、奇跡的に残った黒板に自分の名前をでかでかとチョークで書いた。

「きょ、今日から1年5組の担任をすることになった、エリカ・アウレーゼです。皆《みんな》……………というか、2人とも、よろしくね」

「はーい」

【よろしく、です】

頬をヒクヒクと痙攣《けいれん》させながら、当初の予定とは微妙に違う挨拶の言葉を何とか笑顔と共に口にしたエリカは、地べたに体育座りをしながら元気に手を上げて応えるシヴァと、ホワイトボードに文字を浮かべて応えるセラを前に、前途多難という4文字を頭の中で思い浮かべる。

問題児の集まりだとは聞いていたし、中でもとびっきりの問題児も在籍しているとは聞いていた。

(でもまさか……いきなり教室が無くなっちゃうなんてなぁ)

深いため息が出る。上位クラスであればあるほど、下位クラスであればあるほど待遇に差が出る実力主義の学校において、最低クラスの5組に教室の修理なんていう権利を与えられるかどう

よろしく
お願いします!

か疑問である。

「あの～……ところで、他の生徒たちはどこに行ったのかな？　あと、この教室の惨状は一体……」

「……腕相撲したら、なぜか逃げていったんです。この教室も腕相撲してたらなんか勝手に……」

「そ、そうなんだ」

視線を顔の向きごと逸《そ》らしながら呟くシヴァに、エリカはそれだけしか言えなかった。なぜ腕相撲でこんな有様になるのか、甚《はなは》だ疑問ではあるが。

勝手にとは一体なんであったのか……普通腕相撲くらいで人は逃げないし、教室も壊れたりしないのである。

しかし口にすることは出来ない。妙なことを口走れば、自分もタダじゃすまない。そんな本能の警報が頭の中で鳴って仕方がないのだ。

（うぅ……初日からお腹《なか》が痛いよぅ……）

エリカは恐らく教室の破壊とクラスメイト逃亡の原因を作った下手人であろうシヴァと、それに付き従うセラに内心ではビクビクと怯えているが、当の本人たちは全く害意もなくヒソヒソと小声で話をしていた。

「なんか優しそうな先生だな。最初はえらい小さいから初等部の生徒かと思ったけど、前の担任みたいに妙に高圧的でも意地悪でもなさそうな感じだし、幸先《さいさき》が良いかもしれん」

「…………」

セラはコクコクと頷き返す。

最初からクラス内での人間関係の構築に盛大に躓いていた本人が言う言葉とは思えないポジティブさだが、その辺りは流石というべきか、神経が図太いというべきか。

本人たちがそんな暢気《のんき》なことを喋《しゃべ》っているなど露知らず、エリカは機嫌を伺うように問いかける。

「じゃあさっそく連絡事項なんだけど、実はこの後すぐに全校集会で生徒たちは講堂に集まってもらうことになるんだけど……いいかなぁ？」

「いや、それは勿論《もちろん》ですけど……」

エリカの様子に首を傾げながら、シヴァとセラは瓦礫《がれき》と化した教室を後にすることにした。

崩壊した隔離教室から、エリカを先頭にして歩くこと数分。学術都市の半分近くを占める敷地面積を誇る、広大な学園内を移動するための、ゴーレムが操作する路線バスの停留所へ到着する。

賢者学校内には学外にも通じる路線が数多く存在しており、学生たちはこの路線バスで登下校や、離れた位置にある訓練所へと移動しているのだ。

「いつも思うんですけど、他の人ってこんなん待ってて授業に遅れたりしないんですか」

「え？　路線バスに乗ったほうが早いと思うんだけど……それに、授業や行事にはちゃんと間に合うように時間通りに動いてるし、学校の職員は校内のバスを呼び寄せられる専用魔道具だってあるし」

「あぁ、そうなんですか。俺たちは普段使わないんで知らなかったですね」

「普段使わないって……2人とも、普段はどうやって移動してるの？」

【シヴァさんが跳んでいって……】

一体セラは何を言っているのだろうと首を傾げるエリカだが、セラの言葉に嘘偽りはない。この広大な敷地内、シヴァはセラを抱えて跳躍して、地上を走る路線バスを完全に置き去りにして移動しているのだ。

「でもそういう事なら、たまには乗ってみるのもいいかも」

そう言いつつ、到着した路線バスに乗り込むシヴァたち。3人が乗り込むと同時に扉は音を立てて閉まり、路線に合わせて走り出した。

「……うわ、遅《おっそ》い！　俺の早歩きより遅い！　でも椅子でくつろぎながら、のんびり移動するっていうのも悪くないな！」

まるで初めて路線バスに乗ったかのように……というか、実際初めて路線バスに乗ったシヴァは遅い遅いと言いながら大はしゃぎ。ちなみにこの路線バス、走行する馬車を凌駕《りょうが》する速度を叩き出しているのだが、彼からすればあまりに遅すぎる。

【……私も、こんなに路線バスでゆっくりするのは初めてです】

シヴァと出会う以前、実父であった元学長の意向によって生徒全員からいじめを受けていたセラからすれば、学校に向かう路線バスは自分に害をなすものに囲まれる場所に過ぎなかった。

自分よりも身長が高い者に囲まれて蹴られ、叩かれ、罵《ののし》られる、ある種の拷問部屋。だから路線バスにはいい思い出など欠片もなかったのだが、今はシヴァのおかげでそういう輩《やから》も周りに居ない。普段からシヴァに抱えられ、超高度からの自由落下による浮遊感が与える恐怖と戦うセラからすれば、穏やかに進む路線バスの素晴らしさにようやく気付けたといった感じだ。

「……？　２人とも、そろそろ着くよー？」

そんな２人の内情を知らずに首を傾げるエリカがそういうと、すぐに路線バスは講堂の前に停まり、扉を開けた。

極めて広大極まる学校敷地内。その中でも初等部、中等部、高等部の全生徒が一堂に会してもなお余裕のある広さを誇る大講堂に入ると、そこには既に千人を超えるであろう生徒たちが集結し、クラス毎《ごと》に整列していた。

「おい……なんか俺たち、悪目立ちしてないか？」

【周りからの視線が、痛いです】

その中でも２人だけしか並んでいない１年５組は、悪い意味で注目を集めている。本来生徒が30人ほど集まるスペースに２人だけしか居なければ当然と言えば当然だが。

「……２年と３年の５組は……何人か抜けてるけど、来てるみたいだな」

同じ問題児クラスでも、これではまるで自分たちのクラスばかりが不真面目なように見える。その事もあって、講堂内での居心地は余計に悪いものに感じられた。

早く終わらないかな……と天に祈ること暫《しばら》く。静粛を促す教員の大声によって騒がしかった生徒たちはある程度静まり、壇上にスーツを身に纏った1人の男性が現れる。

『初めましてだな、諸君。私は諸事情あって学長を退かれたアブロジウス公爵に代わり、臨時で学長を務めることとなったグローニア・ドラクルだ』

歳は30～40歳ほどだろうか。不敵な笑みを湛《たた》えて、自らの老いすらも魅力に変える、金髪の伊達男《だ　て　おとこ》だ。一部の女子生徒や独身の女教師は目に見えて色めき立っている。

まさか自治州のトップである大公自ら学長を兼任するようになるとは思わなかったが、シヴァにとってそこは問題ではない。

（前の学長やエルザが殺されたのにはまだ気が付いていないのか……それとも、全て気付いた上で公表しないようにしているのか）

政治や陰謀に嘴《くちばし》を挟めるほど賢《さか》しくはないシヴァだが、狡猾《こうかつ》さと豪胆さを兼ね備えた、極めて優れた統治者の眼は4000年前にも見たことがある。グローニアの眼は、混沌《こんとん》と戦いの世を正そうとしていた彼らに似た力強さを感じた。

『では最後に、今日付けでこの学校に編入することとなった、リリィローズ女学院からの転校生を紹介しよう』

他に気になることを言っていないかと、グローニアの言葉を注意深く聞いていたが、どうやら他には何もないらしい。当たり障《さわ》りのない台詞《せりふ》の数々を短く綺麗《きれい》に纏めて話し、最後に1学期が始まってから1ヵ月、賢者学校に転校してきた生徒を紹介し始めた。

グローニアの紹介によって舞台裏から現れたのは、長い金髪をポニーテールにした一人の女子生徒。その髪の色は、隣に立つ新学長と同じ色だ。

『リリアーナ・ドラクル。姓名から察せられるように、私の娘だ』

壇上に立つ女子生徒、その美貌に生徒たちは皆、思わず溜息《ためいき》を吐《つ》いた。やや切れ長の紅色の瞳に、女子としては高い身長に見合う抜群のプロポーション。凜々《りり》しく整った顔立ちは男子生徒どころか、女子生徒までをも魅了するものがある。

（おお、凄い美人だ）

シヴァとて、セラと出会う前なら見惚《みほ》れていたかもしれない。生憎《あいにく》と一途《いちず》な性格の彼は、どのような美女を前にしても揺らぐことはないので、美人とは認めてもそれだけなのだが。

『私も親バカなのでね、娘というのは実に可愛《かわい》いのだが……生憎とここは実力主義の賢者学校。蝶よ花よと育てたかったのだが、獅子《しし》は子を谷に突き落とすという故事に倣い、涙を呑んで入学を許したという訳だ。たとえ学長の娘だからと言って依怙贔屓《えこひいき》するつもりはないので、生徒諸君は気兼ねなく接してくれたまえ』

あからさまに溜息を吐いて、やれやれと首を左右に振るグローニアに、講堂のそこかしこから小さな笑い声が響く。紹介された当の本人は、そんな父親を軽くジト目で睨んでいるが。

『それではこれにて、全校集会を終了する……が、その前に1つ、州を纏める者の1人としての助言だ』

ややと和やかになった集会の終わりに、グローニアは生徒たちを引き留める。

『《破壊神》復活の予言と予兆に浮足立っているだろうが、これより始まる代理戦争にも全力で取り組んだ方が良い。そんなことをしている余裕があるのかと思う者も大勢いるだろうが、《破壊神》が復活したという今だからこそ、これより行われる闘争は、シルヴァーズとの戦いを生き抜く糧になるのだと、私は思う』

9

今度こそ全校集会が終わり、5組の教室に戻る間、シヴァは投げやりに呟く。

「心配しなくても何もしないってのに。タイムスリップしてからは大したことは何もやってないだろ」

シヴァとしてはかなり大人しく過ごしているつもりだが、未《いま》だに世間は自分が現代に現れたことを恐れている節がある。その事に軽く憤慨していると、セラは酷《ひど》く戸惑った表情を浮かべた。

【大したことは……なにも……？】

「あー……すまん。俺の基準と現代の基準は違うんだったな」

半年も経たない内に山を崩し、賢者の卵たちを恐怖に陥れ、神と並ぶ絶対強者、悪魔すら焼き払った男が言うセリフではなかった。

そうこうしている内に教室……もとい、教室の跡地に辿り着いたシヴァとセラ。そして改めて惨状の跡を眺めると、シヴァは深い溜息を吐く。

「流石にこのままなのはダメだろうなぁ」

【……雨が降ったら大変です】

そうなればチョークが溶けて、せっかく黒板だけは残っているのに授業すらままならないだろう。シヴァも折角《せっかく》の小屋を青空教室にしてしまった責任は感じているし、出来ることだけはしておこうと魔法を発動させた。

「隕合錬岩《アルルド》」

周囲一帯の岩や石が集まり、形を変え、小屋の跡地をすっぽりと覆い隠す、4本の柱に支えられた岩石の屋根が建造される。

「この魔法、野外では割と便利だから後で魔法陣教えてやるよ」

「…………」

コクコクと頷いたセラは、次に不思議そうに首を傾げた。

【壁は作らなかったのですか？】

「魔法も万能じゃないからなぁ。魔法でちゃんとした建築物を造ろうとしたら、建築の知識と設計図、それに見合う材料が必要になるんだよ。壁も作ることは出来たけど、そうしたら熱が籠《こも》ってこの時季でもかなり室温が高くなるし。俺は平気でも他の奴は厳しいだろ」

下手に建てれば倒壊の恐れもある。シヴァでは屋根を建てるのが精一杯なのだ。

「おまたせぇ～、2人とも……って、なんか出来てる!?」

「とりあえず、緊急処置として屋根だけでも作っときました」

壊されたかと思いきや、急に様変わりした教室に驚くエリカ。その両手には木製の椅子が左右に1つずつ引きずられており、背中には木で出来た板を背負っている。

「そ、そうなんだ。ありがとね。……あ、とりあえず椅子も机もないのは不便だろうから、これを使ってね」

よいしょ、よいしょと一生懸命に椅子を引きずり、黒板と向かい合うように置くと、シヴァとセラに背負っていた木の板を手渡す。

……渡されたのは、画板だった。

「ご、ごめんね。本当はちゃんとした机が良かったんだけど、予備がないみたいで。新学期が始まって1月ほどで無くなったとか何とか言ってたけど……」

「そ、そうなんですか」

凄く身に覚えのある理由に、画板に対する不満は覚えなかった。

とりあえずこれで砂土でズボンやスカートを汚す心配はなくなり、雨で濡《ぬ》れる不安もなくなった。気を取り直してシヴァとセラが椅子に座ると、エリカは黒板の前に立ってメモ用紙を片手にたどたどしく説明を開始する。

「えぇと、これから色々と説明があるんだけど、まずは1つ目。シヴァ君とセラさんの適性属性の検査がまだ済んでないみたいだから、先にそれから始めよっか」

「属性検査？　一応セラは昨日5属性確認してみて、隠し属性なんじゃやっていう結論になったんですけど……もしかして、隠し属性も分かったりするんですか？」

「今は魔道具技術も発達しているから、昔は出来なかった検査も今じゃ簡単にできるの」

シヴァは密《ひそ》かに感心した。やはり4000年も経って人は弱くなったが、技術は確かに進歩しているらしい。

「でもおかしいなぁ……高等部から編入してきたシヴァ君はともかく、セラさんは初等部から居るんだよね？　入学したら属性検査があると思うんだけど」

入学当初から、前学長公認の苛めを全校生徒と全教員から受けていたセラだ。その辺りの事情など、容易に察せられる。

「それに……検査する場所には君たちのクラスメイトが居るはずだから、丁度良いんだよ」

「クラスメイト？　今日逃げ出した連中の他にも居たんですか？」

「うん。あと2人ね。……ただ」

【ただ？】

エリカはやや言い難《にく》そうにしながらも、クラスメイトとして最低限の事情は伝えるべきだろうと真実を告げる。

「わたしも今日赴任してきたばかりで人伝《ひとづて》に聞いただけなんだけど、1人は凄いサボり魔で、もう1人は凄い引き籠りみたい」

何やら一癖も二癖もありそうなクラスメイトの情報に、シヴァとセラは互いに顔を見合わせた。

10

「ここが件《くだん》の属性検査用の魔道具があって、引き籠りのクラスメイトが居る場所ですか」

シヴァたちは学校敷地内に建設された、蔦《つた》が這《は》い、苔《こけ》が生えるまでに古びた研究塔の前まで来ていた。中に入る鉄扉も錆が目立ち、その隣には古ぼけた建物の中で一際《ひときわ》目立つ、比較的新しい小さな看板が掛けられていた。

【グラント・エルダー博士用研究塔……どこかで、聞いたことがあるような気がします】

「奇遇だな、俺も何か聞き覚えがある」

はたしてどこで聞いたのか……その答えは、少し前を進んでいたエリカから返ってくる。

「二人とも、攻撃魔法の威力測定は受けたんだよね？　あの時に使った測定用ゴーレムを作った生徒だよ」

「あぁ、あの」

自動修復機能付きで魔法攻撃ではビクともしないというキャッチフレーズであったにも拘《かか》わらず、魔法初心者であるセラに上半身を抉《えぐ》り飛ばされ、シヴァの限界まで加減した魔法で完全焼失したゴーレムだ。

当時の担任は実に凄いゴーレムだと言わんばかりの態度だったが、簡単に壊れただけにどうにも実感が湧かない。その製作者の凄さにもだ。

「最年少で魔導工学の博士号を得た子で、今から使用する検査魔道具も彼女が作ったものなの」

「……彼女？　もしかして、グラントって女子なんですか？」

「う、うん。ちょっと分かりにくいかもだけど」

シヴァはセラと顔を見合わせる。自分と同じく意外そうな表情を浮かべているあたり、この時代でもグラントというのは女というよりも男向きな名前なのだろう。

「日常品から検査用、訓練用まで、色んな魔道具の特許を持ってて、一分野でとんでもなく優秀だから通常授業を免除されて、学校側から悠々と発明が出来る研究塔を与えられてるみたい」

「もしかして、それが理由でこの塔から出てこなくなったんですか？」

「あはははは…………うん」

研究者にありがちな傾向だ。シヴァも迎撃用の魔法を発明する際、しばらくの間建物の中に籠って出なかったこともあったので分からなくないし、生粋《きっすい》の研究者気質ならば、授業免除までされれば尚更だろう。

「5組行きになったのも、素行不良っていう建前と、普段全く通学しないのに貴重な1組の席に座らせるのはどうなの？　って事みたいで……」

学校に来ないならどのクラスに配属されても文句を言われる筋合いはない。しかし、エリカの言葉は言い換えれば、通学すれば成績最優秀者の集まりである1組行き間違いなしということでもある。

「とりあえず、用事は済ませちゃおっか。通信魔法で連絡は既に入れているし、呼び鈴を鳴らせば開けてくれるはず……」

エリカは扉に備え付けられた小さな鈴を鳴らす。鈴自体が魔道具の類なのだろう、その小ささに反して何処までも響く音色に反応し、錆びた扉がガチャリという音を立てて独りでに開いた。

「……入れってことか」

遠慮がちに先へ進むと、そこは壁に沿う吹き抜けの螺旋階段になっており、その中心に設置された机の上には、フラスコに繋がれた魔道具がポツンと置かれていた。座って検査する魔道具なのか、椅子も備え付けられている。

「アレが例の魔道具か」

【……あの、グラントさんは？】

恐らく魔道具を置いたと思われるグラント本人がどこにも見当たらず、セラは首を傾げる。

「それが……グラントさんは滅多に人前に出てこないみたいで……。連絡も通信魔道具や手紙ばかりのやり取りになってるから」

「なるほど、それは確かに引き籠りだ」

徹底して人と関わりを持たないようにしているかのようだ。一応魔力を探ってみれば、正面の部屋から人一人分の魔力を感じ取れる。

扉の前から動かないあたり、様子に聞き耳を立てているのだろう。エリカからの話を聞く限り、大方『早く帰らないかな』とでも思っているのかもしれない。

「とりあえず、早速検査を始めよっか。あの魔道具、腕を通す穴があるでしょ？　まず2人のどちらかが、あの穴に腕を通してみて。そうすれば、魔道具が腕を入れた人の魔力を自動で探知して、属性を割り当ててくれるから」

「それじゃあ、まずは俺から」

椅子に座り、魔道具の穴に腕を入れると、穴が窄《すぼ》まって軽く腕を締め付けてきた。するとフラスコの中で炎が、燃料もなしにボッと音を立てて燃え盛る。

「……本物の炎じゃなくて、幻影を見せる魔法陣を組み込んで魔法属性を視覚化させている訳ですか」

「うん、そういう事みたい。えぇっと、魔法属性は炎……単一みたいだね。それじゃあ次、セラさんも測定してみよう」

【は、はい……っ】

シヴァが椅子から退き、続いてセラが恐る恐る魔道具に腕を通す。穴が窄まり、セラの腕を軽く締め付けると、フラスコの中に煙と残り火が燻《くすぶ》る粉塵《ふんじん》……灰が舞い上がった。

「これは……灰属性！　隠し属性と言えば氷属性や植物系の属性とかがポピュラーだけど、これは珍しい隠し属性だよ！」

「…………？」

珍しい。そう言われてもピンとこないのか、セラはシヴァを見上げると、彼は一つ頷いた。

「隠し属性は大抵、水属性か地属性からの派生になるものが多いんだよ。その次に雷と炎の属性の派生なんだが、俺も灰の属性なんて初めて見たな。聞いたことだけはあるけど」

余談だが、五大属性から派生しない、更に珍しい隠し属性として存在するのが空間や時間である。

【……でも、灰属性で何が出来るんでしょうか？】

「そ、それは……」

シヴァもエリカも言葉に詰まった。五大属性ならば分かりやすい役割があるのだが、灰の属性で出来ることなど問われても、知識が無ければそれに答えられる者はそうはいない。灰そのものだけで出来ることと言ったら精々――

「目晦《めくら》ましと同時に、相手の気管に入り込ませて呼吸困難にして殺す……とか？」

「っ⁉」

シヴァの口からポロリと出てきた実用案にセラは驚愕《きょうがく》し、そして見るからに落ち込んだ。自分の魔法は、そんな物騒なことにしか使えないのかと。

「だ、大丈夫だよ、セラさん！　何も戦うことだけが魔法の使い方じゃないし！　わたしは生活に関する魔法を専攻にしてるんだけど、灰と言ったらそれを活用した農業でも有名！　それ以外にも色んな所で使われてるって聞いたことがあるし、先生と一緒に自分なりの魔法の使い方を考えていこう？」

「そ、そうそう！　それにさっきも言ったけど、灰属性ってかなり珍しいからな！　逆に言えば、それはいくらでも可能性が眠ってるってことだから！」

【そ、そうですか……？】

若干涙目になりそうなセラを何とか宥《なだ》めて、シヴァたちは研究塔を後にすることとしたのだが、その前にと、エリカが部屋の扉の前まで歩み寄った。

「あのー、グラントさーん！　さっき連絡させてもらった、担任のエリカだけど、高等部も始まったことだし、登校する気はないかなー!?」

どうやらエリカにはグラントに登校の催促をする目的もあったらしい。しかし、依然として扉の奥から返ってくるのは無言。相変わらず部屋の中に居るのは分かっているのだが、どうやら応じるつもりはないようだ。

「はぁ……ダメかぁ。他の先生方からも返事が無いとは聞いてたけど……」

「こりゃあ、筋金入りですね」

「いくら優秀で授業免除された生徒だからと言って、他の生徒への示しとか、そういう問題があるからね。でも、彼女の発明が賢者学校の評判を上げているのは事実だし、もう学校側も声を掛けるだけ掛けて、グラントさんの好きにやらせるって言うのが暗黙の了解になっているというか」

そう言う割に、エリカの表情は優れない。あくまで黙認とは言え、学校側が認めているのなら、グラントの引き籠りはエリカのせいではない。ならば彼女が気に病む必要はないと思ったのだが、エリカはエリカなりにグラントを心配しているように見える。

【この塔、窓もカーテンも閉め切ってるのか、埃《ほこり》っぽくてジメジメしています。これは流石に……】

「体にも悪い……か」

セラもこの見るからに掃除をしていないと分かる塔に引きこもっているグラントが気掛かりらしい。

しかし、シヴァとしては最早《もはや》自己責任の領域なので、グラントに好きにやらせれば良いといった感じだ。学校に行きたくないと態度で主張する者を引きずり出すほど、シヴァは強引な性格ではない。

「それじゃあ、そろそろ戻ろっか、シヴァ君にセラさん」

「うっす」

そして今度こそ塔を後にしようとした……その瞬間、奥の扉がギィ……と、錆び付いた音を立てて開いた。

「……シヴァ？　もしかして、シヴァ・ブラフマンってお前の事か？」

「え⁉　も、もしかして、グラントさん⁉」

慌てて振り返ってみると、そこには華奢な体つきをした少女が扉から顔を覗《のぞ》かせてシヴァを窺っている。３人分の視線を感じて少し怯《ひる》んだ様子を見せたが、やがて彼女は観念したらしく、部屋の中からシヴァたちの前まで出てきた。

見るからに魔術師らしいローブを着た少女……グラント・エルダーは不思議な外見をしている娘だった。尖《とが》った耳から種族はエルフだということが分かるのだが、長い黒髪は一切手入れをされていないようにボサボサで、目つきは悪く、徹夜のし過ぎなのか、薄《う》っすらと隈《くま》ができている。

そんな見るからに不健康そうな生活を送っていると分かる出《い》で立ちにも拘らず、妙に容姿も整っているのだ。

「その目と角……悪魔崇拝者《サタニスト》の末裔《まつえい》か」

そして何より特徴的なのは、肉食獣のような瞳孔と、人間であれば本来白い部分まで血のように赤い眼球と、頭の両側に生える黒くて小さな角。シヴァが生まれるよりも更に昔、悪魔に魂の一部を売り払い、悪魔の力の極《ごく》一部を手にしながら、最大限魔力の浸食を抑えた魔術師たちがそのような姿になっていたらしく、それは稀《まれ》に血筋に刻まれ、子孫に受け継がれることがあった。

（まさか連中の子孫が現代にも残っていたとは……）

悪魔は人類にとって唾棄すべき、自らの膿《うみ》の集合体のようなもの。そんな悪魔を崇拝し、力を借りる悪魔崇拝者《サタニスト》は、４０００年前の時点で駆逐され、残された異形の子孫たちは差別の対象に

なっていたのだが、未だに血が受け継がれているとは思わなかった。

「さ、さたにすと……？　な、何だよ、お前も私の眼と角をバカにする気か……!?」

「いや、別にそんなことはないけど」

「……ふ、ふん。まあいい。そ、それより、私の作ったゴーレムを壊したのってお前だろ……っ？」

シヴァは1ヵ月前のことを思い返す。魔法耐性が極めて高いというミスリル製のゴーレムを火柱1発で完全焼失させた時のことだ。

いくら塔に引き籠っていても、同じ敷地内の話くらい入ってくるのだろう。グラントは妙に怯えが見え隠れする態度でシヴァを睨みながら言い募る。

「ど、どんな手品を使ったんだ……!?　あれは魔法なんかじゃ壊せない筈なのに……！」

「手品をも何も……普通に、炎魔法で」

「う、嘘だ！　アレは古代魔法にも余裕で耐える特別仕様だぞ……！　少なくとも、人1人の魔法でどうにかできる代物じゃない……！　不正か何かしたんだろ……!?　お、おかげで私まで、不良品を学校側に流したなんて文句言われたじゃないか……！」

「そんなこと言われても……」

グラントとしては、理論上あり得ないと思っている出来事の真実を問い詰めているのだろうが、シヴァからすれば完全に言い掛かりだ。だからつい思わず本音が零《こぼ》れ落ちてしまう。

「あんだけ手加減して魔法使ったのに、魔法耐性に復元能力付きのゴーレムとは思えないほどあっさり壊れるし、アレが単なるポンコツだっただけなんじゃ……あ」

自分を基準にして発言したと気づき、慌てて口を塞《ふさ》いだが時すでに遅し。製作者を前にしてゴーレムをポンコツ呼ばわりすればどうなるのか……その答えは、眼前でプルプルと怒りに震えるグラントが示した。

「……わ、私の自信作をポンコツ……!?　しかも手加減した魔法で壊したなんて、よくもそんな大嘘を……！」

「す、すまん。つい、思わず本音が……じゃなくて、いや、嘘は言ってないんだけど……ぇぇっと、なんて言えば……」

まるでフォローになっていないフォローを入れていると、グラントは悪い目つきを更に鋭く尖らせ、ビシィッ！　と人差し指をシヴァに突き付ける。

「え、演習所に出ろっ！　お、おお前のペテンを暴いて、私のゴーレムがポンコツなんかじゃないって証明してやる……！」

11

「こ、ここで待ってろっ。い、今からお前をコテンパンにするゴーレムを持ってきてやるっ」

草木が一切ない、ただただ荒れ地が広がっているだけの、賢者学校敷地内の一番端にある演習所。憤《いきどお》るグラントの勢いに流されるがまま、そこまで付いてきたシヴァたちは、荒々しい歩調でこの場を去っていくグラントを見送った。

「えーっと……いいんですか？　あいつの言われるがままに来ちゃいましたけど」

「う、うん。今日はこれ以上用事はないし、シヴァ君とセラさんはこのまま下校してもらっても大丈夫だから、学校側としては差しさわりはないよ。あとはシヴァ君たちさえ良ければ、グラントさんに付き合ってくれたらいいと思う」

どうやらクラス振り分けの初日なので今日は生徒全体が早引けするらしい。

「俺は別にいいですけど……セラはどうだ？　なんか用事があるんだったら無理して付き合わなくても大丈夫だぞ？」

「…………」

セラは首を左右に振る。このままシヴァに付き合うつもりのようだ。

【シヴァさんと一緒に居ます】

「お、おう。そうか」

　上目遣いと共に妙に照れる文章を見せてくる。シヴァは思わず視線を背け、訝しんだセラが視線の先に回り込もうとするが、再びシヴァが視線を背け、セラが回り込んで……そんなことを繰り返す2人を、エリカはじっと眺めていた。

（何やってるんだろ？　あの2人。妙に微笑ましいというかなんというか。わたしも学生の頃はあんな感じで男子と………あ、あれ？）

　最初は微笑ましく眺めていたのに、次第にエリカの表情に焦りが生まれる。果たして自分は、青春時代に、男子とあのように戯《たわむ》れていただろうかと。

　答えは否《いな》。学生の間は勉強とか幼い弟妹の世話とかアルバイトとかで何かと忙しく、男子生徒と交流を深める余裕など、とてもではないが無かったのだ。

――――エリカって顔は可愛いけど、如何《いかん》せん色気が無いよな。

――――あぁ、身長もなければ尻も小さい。そして何よりオッパイがねぇよ。

――――でゅふふふふ。そ、そこが良いんじゃないか。か、彼女は僕ら幼女愛好家が等しく抱く、現実で嫁にする乙女の理想を体現してるんだな。

　口さがない男子生徒たちが、女子の耳に届かない場所でコソコソと話していたのを盗み聞きしてしまった時の事を思い出してしまった。

顔は良くても不思議とモテはせず、寄ってくるのは総じて鼻息を荒くしたロリコン。結論から言って、エリカの青春時代は灰色だった。

【シヴァさん、どうして目を逸らすんですか？】

「待て待て、あまり近づき過ぎるな。今俺の体温は上昇している。近づくと（物理的に）火傷《やけど》するぜ」

「…………はは、羨《うらや》ましい」

結果誕生したのが、彼氏いない歴＝年齢の童顔極まる23歳である。目の前でイチャついているように見えなくもないシヴァとセラは、彼女の眼には余りに眩し過ぎる。

「……ん？」

死んだ目をしながら乾いた笑みを浮かべるエリカに気付かなかったシヴァだが、こちらに向かってくるガショーン、ガショーンという駆動的な足音には気付いた。

察するに、グラントがゴーレムを引き連れ戻ってきたのだろう。一体どんな物かと思って、視線を向けてみると、そこには5メートルほどの大きさを誇るゴーレムの手のひらに乗るグラントがシヴァたちを見下ろしていた。

「…………っ!?」

「せ、正規軍正式採用主力ゴーレム!?　グラントさん、なんて物を持ち出してきてるの!?」

セラはゴーレムの威容にただただ圧倒され、エリカは戦争でも主力として扱われるゴーレムの登場に悲鳴を上げたが、当の本人であるシヴァは、なぜ彼女たちがそこまで驚いているのか分からず首を傾げるだけだ。

「え？　あのゴーレムって、そんなに凄いんですか？」

「凄いなんてものじゃないよ！　あの最強の犯罪者集団と恐れられるジェスター盗賊団を相手にしても1体で大立ち回りしたって有名なんだから！」

どこかで聞いた名前の盗賊団だ。シヴァにとって奪った財を貯め込む盗賊というのは、どんな目に遭わせても良心を痛める必要のない、体《てい》の良い財布みたいなものだったので、これまで倒してきた盗賊というのはどうにも印象が薄い。

「ま、待たせたなっ」

「えーっと、それが俺をボコるっていう例のゴーレムか？」

恐る恐る片足から地面に降りるグラントに問いかけると、彼女はどこか自慢気な表情を浮かべた。

「そ、そう。あらゆる魔法攻撃を弾《はじ》くミスリルに、複数の金属を錬金術で混ぜ合わせ、靭性《じんせい》と剛性を両立させた合金装甲で覆われたボディに、平均的な魔術師300人以上の魔力を溜《た》め込んでいるタンクを内蔵した、あらゆる攻撃魔法陣を組み込んだ最強のゴーレムだ。生物的、数値的な理論上、魔術師が単独で倒せるゴーレムじゃない」

何せどのような攻撃も通じなければ、内蔵された魔力量もまた絶大。確かにこの時代の魔術師が倒せるゴーレムではないのだろう。

「300人分の魔力……かぁ」

シヴァはゴーレムの内側から感じ取る魔力の総量を推し量る。現代では失われ、大掛かりな魔道具が無ければ不可能とされる、魔術師個人による相手の魔力量を感じ取る技術。感覚的な部分も多々あるので正確な数値として割り出すものではないが、どちらの魔力が上かくらいは分かる。

(……なんか、少ない)

何となく分かってはいたことではある。300人分なんて大層な事を言う割には、あのゴーレムの魔力はシヴァのそれの足元にも及んではいないということくらい。

しかもその肝心の魔力を溜め込んでいる箇所もバレバレだ。そこを貫けば、あのゴーレムは最早動くことすらもままならないのではないだろうか?

(強いて言うなら………デザインは、良いんじゃないだろうか?)

流麗な曲線と下品にならないくらいに華美な装飾が施された、鎧甲冑《よろいかっちゅう》。それが目の前のゴーレムの外見だ。武装もあるらしく、右手で引き抜かれた背中に背負っていた剣や左手に装着されていた盾も、荘厳《そうごん》な聖騎士のそれを思わせる。

……正直に言って、それが機能にどんな影響を与えるのか甚だ疑問だが。

「そ、その上このゴーレムも自動修復機能が搭載されているんだ。お、お前に勝ち目なんてない。

す、素直に前言撤回するなら、見逃してやっても良いけど」

「前言撤回？」

「わ、私のゴーレムを魔法で壊したって嘘ついたことだっ！」

「そ、そうだよシヴァ君！　それにグラントさんも！　訓練用ゴーレムならともかく、軍用ゴーレムと戦うなんていくら何でも危なすぎる！　先生として、そんなの認めないからね!?」

別にシヴァとしては、今ここでゴーレムと戦うことになっても構いはしないが、どうやらエリカは反対で、グラントもグラントで、持ち出してきたまでは良いが、実際に戦わせるとなると少々躊躇《ため》いのようなものを感じているようだ。

（どうしたもんかなぁ……）

しかしここでグラントの言う通りにするのもなんだか癪《しゃく》だ。別に嘘を言っているわけではないのに、どうして嘘と認めてまで自分を下げるようなことをしなければならないのか。

「ほ、本当にお前が嘘を言ってないっていうなら、今ここでこのゴーレムを破壊してみればいいっ！　こ、このゴーレムの魔法耐久力は、測定用ゴーレムとほぼほぼ同じだから、魔法で壊せるはずだろ？　ま、まぁ、そんなこと絶対に出来ないだろうけど」

まるで一方的に攻撃してみればいいと言わんばかりに挑発し始めるグラント。しかし、一応このゴーレムもグラントの所有物……壊せるものなら壊してみろと言われても、はいそうですかとクラスメイトの私物を破壊するのは流石にちょっと躊躇われる。

（でもまぁ、この状況下で壊したとしても、俺に非はないだろ）

しかし、そんな葛藤も長くは続かなかった。何せ所有者本人が壊してみろと挑発しているし、積極的に反論しなかった自分も自分だが、本当の事を嘘だ嘘だと決めつけられ、ほんのちょっとだけ腹が立っているのだ。

グラントの発言の証人にセラとエリカも居るし、盛大にぶっ壊して現実を突きつけてやろうと、シヴァはゴーレムから視線を外さずに魔法を発動させようとした。

「熱っ!?」

その矢先、ゴーレムから強い熱が発せられた。先ほどからゴーレムを見つめ過ぎたのだ。その結果、ゴーレムの銀色のボディは真っ赤に燃えながらその形を見る見る内に歪《ゆが》めていく。

常識で考えれば物理的にも魔術的にもあり得ないし、意味不明極まるだろうが、それこそが視線を集中させることで無意識に発動する念発火……超合金すら容易《たやす》く焼き尽くす灼熱《しゃくねつ》を引き起こす、《滅びの賢者》の熱視線である。

「えええええええええええええええええっ!?」

「ゴーレムが……私の最高傑作が……!?」

【あぁ……またこんな結末が……】

エリカは目玉が飛び出るのではないかというくらいに瞠目《どうもく》し、グラントは渾身《こんしん》の傑作が為《な》す術なく融解していくのを呆然と眺めることが出来ず、セラはセラで『またこのオチか』と諦観めいた表情を浮かべる。

どんな魔法でゴーレムを壊そうとするのかと思いきや、まさか魔法も使わず最高クラスと自他ともに認められるゴーレムが焼き尽くされるなど夢にも思わなかっただろう。

「「「「…………」」」」

誰もが液状金属となり果てながら燃え続けるゴーレムを見つめ、痛々しいまでの沈黙に包まれる。元々喋れないセラはともかく、皆何を言えばいいのか分からないのだ。やらかした当の本人であるシヴァでさえも。

「……えーっと、シヴァ君？」

「……い、一応言っておくけど、今回は俺、何もしてないですよ？」

エリカが何かを言う前にシヴァは手のひらを向けて言葉を遮ろうとするが、当然それで話が逸れるわけがない。

「さ、流石に何もしてないってことは無いんじゃないかな？　だってゴーレムが急に燃えるだなんてあるはずないし……」

「……た、確かに見つめ過ぎちゃいましたけど、まさかそれだけで燃える可燃性ゴーレムだったなんて露とも知らず」

「待って!?　何で見つめ過ぎたら燃えることが前提になってるの!?」

至極当然のツッコミを入れるエリカだが、シヴァの悪意のない破壊活動に慣れてきているセラはホワイトボードに疑問を浮かべた。

【いつも本を読んでる割には、本が一冊も燃えないのはなぜ……？】

「ほら、本は文章を視線で追うから、1ヵ所を見つめることなんてないんだよ。15歳になった辺りから物を見つめ過ぎたら燃えるようになってな、これでも俺は普段から視線を固定しないように意識してて……」

「燃えないからね!?　さっきから本当に何を言ってるの!?」

「私の……私のゴーレムが……」

明らかに常軌を逸脱したシヴァにエリカは自らの常識を疑いそうになっており、グラントは融《と》けて燃える自信作をただただ眺めていることしかできなかった。

第二章
《破壊神》呼ばわりされた少年とクラスメイトの交流は超破壊的のようです

1

呆然《ぼうぜん》自失とするグラントを疲れた表情を浮かべるエリカに任せた後、街で買い物を済ませて屋敷に戻ってきたシヴァとセラは、洗濯を終わらせてから夕食までの時間を使い、裏庭で対面していた。

「さて。今からセラの属性、灰の魔法の使い方を模索し、教えていくぞ」

「…………っ」

両拳をぎゅっと握り、気合を入れるセラ。今まで弱者の立場に甘んじ、立ち止まっていた彼女からすれば、これは明確な第一歩だ。

「まず最初にやることは、灰の属性に合わせた魔法陣の構想を考えること。現代でも前例が少ない属性みたいだから探すのは手間取ったけど、先達が残した魔導書に少ないながらも灰属性に合わせた魔法陣が載ってたから、それを参考にしながら魔法陣構築の基礎を学び、セラに合った魔法陣を組み立てていくことから始まる」

シヴァは学校や図書館、魔導書を取り扱う店から借りるなり購入するなりして用意した、ブックマーク付きの本を数冊セラの前に置く。その内の1冊、ブックマークが挿入された魔導書のページをめくってみると、そこには素人目には複雑怪奇な魔法陣が描かれていると共に、確かに灰属性の魔法が扱える魔法陣であるとも明記されている。

「500年ほど前の魔術師、ダレル・ロイヤルの《希少属性魔法手記写本》。店員曰《いわ》く、魔力を流せば実際に魔法を発動できる、正真正銘の実戦型魔導書らしい。けどまぁ、他の属性に関しては後回しにして、まずは自分の適性属性に関することだけを集中して学んでいこう」

【わざわざ、探してくれたのですか？　ありがとうございます】

「いいっていいって。元々、前に買ったり借りたりして読んだ本の中に紛れ込んでた奴だし」

ぺこりと頭を下げるセラにシヴァは何でもないという風に言う。

「で、その本に載ってる灰属性の魔法陣は2種類。1つは大量の灰を生成し、巻き上げて視界を遮る《灰塵闇行《グレグル》》。もう1つが、相手の気管と肺に灰塵《かいじん》を送り込んで呼吸を遮り、臓腑《ぞうふ》を蝕む《臓壊灰毒《グリィ・グレアロス》》。どっちも戦闘を主眼にして考えれば、分かりやすくて実戦的かつ使いやすい魔法……なんだけど、後者は使うのは気乗りしなさそうだな」

【……ごめんなさい】

「謝る必要はないけど……」

セラは物騒な効果を秘める《臓壊灰毒《グリィ・グレアロス》》を使うのに抵抗がある。それを悟ったシヴァは、過去の事を思い返していた。

（そう言えばセラって、攻撃魔法を使う時っていっつも目を瞑《つぶ》っていたような気が……）

魔法発動に伴う発光に驚いているというより、魔法そのものが及ぼす結果……すなわち、相手を傷つけることに怯《おび》えているように感じた。気弱で優しい性格が原因なのだろう、攻撃魔法には向いていないだろうということは何となく察しがついた。

「今の時代は平和だ。だから相手を害する魔法を無理して覚える必要はないと思う。世間じゃ《破壊神》が復活して世界がヤバいみたいに騒がれてるけど、当の本人である俺にその気が無いんだから、安心して自分に合った魔法を覚えていけばいいと思うぞ」

「…………」

そう言うが、どうにもセラの表情は優れず、彼女はホワイトボードをシヴァに向ける。

【……本当にそれでいいのでしょうか？】

今まで学ぶ機会にこそ恵まれなかったが、曲がりなりにも長年魔法を学ぶ学校に通っていたセラにとって、魔法とは戦うための技術であるという固定観念が染みついていた。元々戦う魔術師を育成する学校で、その中で育ってきた彼女がそのように思うのは当然の話であるし、ある種の真実を語ってもいた。

魔法は戦うことに使うのが主流で、源流も元は戦闘が目的。現代でこそ生活に根付く魔法の使い方……生活魔法が発展してきてはいるが、それだって攻撃魔法から発展した魔法術式。より奥が深い魔法を学ぶにあたって、相手を傷つける魔法の知識は必要不可欠でもあった。

「いいんじゃね？　そんな難しく考えなくて」

しかし、そんなセラの不安をシヴァは緩く否定する。

「魔法なんてのはそんな高尚なもんでもなくて単なる技術だし。使い手次第で善にも悪にもなるんだよ。せっかく平和な時代に居るんだし、魔道の深淵《しんえん》なんて小難しいことは考えず、適当に自分が将来必要になりそうだなって思う魔法を、覚えていけばいいんだよ。まぁ、怪我《けが》には気を付けないといけないから、取り扱いまで適当になっても困るけど」

【……適当】

そう言われて、セラはしばし考えた。これでも魔法の名門の家に生まれた娘だ。今まで周囲に居た者は魔法を特別視し、高尚なものとして扱っている節があったので、シヴァのような視点には考えさせられるものがあったのだ。

（魔法を覚えようと思ったのは、この先シヴァさんのように強《したた》かに生きていく為《ため》の力になるんじゃないかと思ったから）

だが、そうやって覚えていった魔法で、将来どのようなことをしていくのか、そういったビジョンがまるで見えていなかったセラ。そんな彼女に、シヴァはやはり気軽に告げた。

「まぁ、今は何をどれだけ考えても答えなんて見つかんないかもしれないし、今はとりあえず覚えてみるのも良いんじゃないか？　進みながら見つける目標があってもいいだろ」

……不思議なことに、シヴァにそう言われると不思議とそういうものかと思えてきた。確かに覚えること自体は無駄にはならないし、セラはコクリと頷《うなず》いて講義の再開を促す。

「灰の魔法に関する実用的な魔法陣の解説が記されているのはこの本だけで、後はちょっとした情報だけ。現状ではさっき言った2つの魔法しか使えないわけだが……実を言えば、こっちの本に記されている灰という属性を表現する魔法陣用の紋章を基に、セラ向きの魔法を1つ考えたんだよ」

【……本当、ですか？】

「属性に関する魔法を使う時、その属性を表現する紋章を魔法陣に組み込む必要があるからな。前例も少なくて魔法として確立されたことのない属性は最初はまず紋章の構築に手こずることになるのが多いんだけど、やっぱり先達の知識って言うのはこういう出鼻の時に役立つな」

シヴァは先ほどの魔法陣が記されていた本とは別の、《希少属性紋章大全》という厚めの図鑑を広げ、灰属性の紋章をセラに見せる。

「ただ、ここから先は大変だぞ」

「…………？」

「現代の魔法をある程度知っていく内に分かったんだけど……今から教えるのは現代では既に失伝した魔法術式。４０００年前基準でも高等術式と呼ばれる魔法陣だからな。それを習得する手始めに――――」

シヴァは見本として、宙空に複雑怪奇な魔法陣を描くと、何でもない事を言うような笑顔で告げた。

「蘇生《そせい》魔法から覚えようか」

【それは……手始め、なのでしょうか……?】

2

時は遡《さかのぼ》り、数時間前の下校時間。賢者学校の高等部校舎、2階廊下にて。

ガショーン、ガショーンという大きな足音と駆動音が混ざったような音が聞こえてきて、リリアーナ・ドラクルは長い金髪を揺らしながら窓から外に視線を向ける。

「あれはまさか……正規軍正式採用型の主力ゴーレム？　なぜ学校の敷地内で稼働しているの？」

アムルヘイド自治州正規軍が誇る、魔術師単独では破壊不可能とされる騎士型のゴーレムだ。よくよくその手のひらを見てみれば、黒髪の少女と思われる人物が乗っている。

あの少女の正体はゴーレムの開発者であるグラント・エルダーではないかと、リリアーナは推測した。この賢者学校の生徒でありながら通常授業を免除され、特別に研究塔を与えられたことは有名な話だし、ゴーレムの稼働テストでもしているのだろうかと考えていると、クラスメイトである新1年1組の女子生徒3人がやってきた。

「リリアーナさま？　どうかされましたか？」

「ん……少し、ね。大したことじゃないけれど」

「そうなのですか。それではこれからお時間はございますでしょうか？　これからわたくしのお友達を集めてお茶会を催そうと思っておりまして……」

「あー……申し訳ないけれど、それはまたの機会にしてもらえないかしら？　私も転校初日で多忙なのよ」

「左様でございますか？　とても残念です」

表面上はにこやかな笑みを浮かべながらも、リリアーナは彼女たちに話しかけられて内心辟易《へきえき》としていた。ただでさえアムルヘイドのトップである大公の娘というだけでも色眼鏡で見られるのに、更には学長の娘という肩書までプラスされて、話しかけてくる者はこちらの顔色を窺《うかが》ったり、ご機嫌取りをしたり、あるいは取り入ろうとしてくる講師や貴族生徒ばかり。平民の生徒に至っては近寄ろうともしてこない。

（魔法を磨くことに集中できる場所だと聞いたからお嬢様学校を抜け出して編入してきたっていうのに。他の生徒と切磋琢磨……なんて、高望みしすぎたかしら？）

生まれた時からそういう立場にあったのでもう馴《な》れてもいるし、そうした輩《やから》の事情も分かるので文句を言いたいわけではないのだが、リリアーナとしては本気で魔法を極めるつもりで賢者学校に編入したのだ。以前在籍していたお嬢様学校の延長がしたいわけではない。

「本当にごめんなさいね。またお誘いいただけると嬉しい…………は？」

しかしそこは大公女。持ち前の外面でその場を乗り切ろうとした瞬間……窓の向こうで如何《いか》なる魔法も通じない筈のゴーレムが燃え盛りながらあっという間に融解していき、リリアーナは呆気《あっけ》に取られた表情を浮かべた。

「え……ちょ、何あれ？　現代最強のゴーレムが見る見る融《と》けていってるんだけど……」

「ひっ……!?　ま、まさかまた……5組に送られた悪魔の仕業では!?」

「い、いや……こんなところに居ては、わたくしたちにまで被害が……!?　に、逃げなくては……！」

　その光景を同じように見ていたクラスメイトたちの様子もおかしい。まるで強大な何かに怯えているよう……そう思った時、リリアーナは編入前の父の言葉を思い返した。

――――リリアーナ。賢者学校にはとても面白い男子生徒がいるらしいから、ぜひ仲良くなるといい。

　最初は一体何のことか分からなかった。自分で言うのもなんだが、親バカの気がある父、グローニアがそんな事を言うからには何かあるだろうと気に留めてはいたのだが、彼女たちの恐慌ぶりはどこか異常だ。その原因となっているると思われる男子生徒の名前は確か――――

「もしかして……シヴァ・ブラフマン？」

　そう名前を呟《つぶや》いた時、ドサリと何かが落ちる音がした。振り返ってみると、そこにはトイレから出てきたばかりと思われる男子生徒が鞄《かばん》を床に落として顔面蒼白になりながら震えていた。

「シ、シヴァ？　シヴァ……ぁぁあ……あああああああまた殺されりゅうぅうううう!!」

「ちょっと!?　一体どうしたの!?」

「い、いけませんわ!? この方、確か旧1組の方です! フラッシュバックでトラウマが蘇《よみがえ》ってしまっています!」

「救《たす》けて!! たしゅけてぇえええええ!! シヴァに……シヴァに殺されるぅうううううう!!」

頭を抱えながら正気を失ったように叫び続ける男子生徒。その絶叫が耳に入った一部の……より正確に言えば、シヴァ・ブラフマンによって被害を被った生徒たちが反応し、男子生徒と同じような反応を示す。

「どこ!? どこどこどこどこどこ!? シヴァはどこ!? 逃げなきゃ逃げなきゃ逃げなきゃ逃げなきゃ!!」

「嫌ぁああああああ!! 止めてぇえええええ!! もう二度と雌ゴブリンとか言ってセラを苛めないからあああああ!!」

「ひぇうぇおえおえあああああああああああああ…………あふっ」

「あぁあああああ……! 髪が……私の髪がぁあ……!」

ある者は全身ガタガタと震えながらしきりに辺りを見回し、あるものは金切り声を上げながら懺悔《ざんげ》し、ある者は膝からくずおれながら気絶し、旧1年1組の担任をしていた教師の薄い頭から更に髪の毛がパラパラ抜け落ちていく。

まさに阿鼻叫喚《あびきょうかん》の地獄絵図。トラウマの再発が更なるトラウマを呼び起こし、それが学校全体に伝達して近隣に聞こえるほどの悲鳴が学校中のあちこちから響き渡る。

「シ、シヴァ・ブラフマンって一体何者なの……？」

とんでもない問題児である……ということは、何となく分かった。それも関われば苦労することと間違いなしの。

しかしそれと共に、リリアーナにはとある予感があった。将来有望と認められた魔術師の卵たちが一斉に怯える同年代の少年……そんな人物の登場による胸の高鳴り《ワクワク》が、警戒心と共に確かに湧き上がってきたのだ。

3

「…………」

「眠そうだな、セラ」

「…………っ」

翌日、５組の教室跡に置かれた椅子の上でうたた寝しそうになっていたセラにシヴァが声を掛けると、彼女はビクリと肩を揺らして跳び起きる。

特に悪いことでもないのに、どこか申し訳ないというか、恥ずかしそうにしながら頭をブンブンと横に振って眠気を飛ばすセラを見て、シヴァは致し方ないとだけ思った。

昨日の魔法指導は、熱中しすぎて深夜にまで及んだのだ。数ヵ月無休で戦い続けることが出来るシヴァならばともかく、日頃早寝早起きのセラからすれば、生活リズムが狂ってしまうのも無理はない。

（でもまぁ、その甲斐《かい》はあったな）

歴史や成り立ち、詳しい理屈を省いた魔法の知識、その基盤から教える必要こそあったが、何とか概要を理解し、昨日の内に試行段階に移ることは出来た。後は練習で結果を出し、実践に移すだけだ。

「本当は基本的なことを1から覚えていった方がいいんだけどな。でも、俺たちはなんだかんだで高等部だ。魔法のテストとかがある事を考えたら、理屈より先に実践の方が良いと思ってな」

【ありがたいです。……実は、中等部の頃には既に自力で魔法を使うテストみたいなのがあったみたいで……】

「あー……」

その先は何となく予想できた。魔法の初歩知識も満足に教えられなかった、当時いじめられっ子のセラはその場で晒《さら》し者にされたりしたのだろう。

しかし今度からはそうはならない。効力的な意味で現代の魔法術式が古代のそれとは比較にならないほど脆弱《ぜいじゃく》なのは理解している。だからこそ、セラには古代の魔法術式を教えたのだ。

曰く、シヴァの金魚の糞《ふん》。腰巾着。獅子の威を借るネズミ。シヴァとしては不本意ながらも恐怖という形でセラへの直接的な苛めはなくしたものの、そういう風な陰口を未《いま》だに多くの生徒や教員がセラに対して呟いていることを、シヴァの地獄耳は捉えていた。

(学長も替わったことだし、あくまでも実力主義を謳《うた》う学校なら、セラ自身が自分たちよりもずっと優れた魔術師になることで悪評も払拭《ふっしょく》できるかもしれない)

好いた相手を悪く言われていい気分になるはずもない。しかしこれまで通りにしていてもセラの悪評は拭えない。ならばセラ自身が魔術師として文句の付け所が無いくらいに成長してしまえばいい。彼女自身も強くなれて一石二鳥だ。

「お、おはよう〜」

「あ、おはようございまーす！」

【おはよう、ございます】

そんなことを考えていた矢先、エリカが出席簿や教材を持って教室跡にやってきた。

「じゃあさっそく出席を……と言いたいところだけど、何時《いつ》も来ない子以外は出席してるので、連絡事項から伝えるね」

相変わらず2人しかいない教室と、どこまでも風通しのいい教室を見て、エリカは哀愁をありありと顔に浮かべながらシヴァとセラの2人に1枚の用紙を渡す。

「何ですかこれ？　魔導学徒祭典の開催案内？　なんかの大会ですか？」

「え!?　シヴァ君知らないの!?　世界的にもかなり有名な大会のはずなのに……」

やっちまった。

シヴァは口から滑って出た言葉を後悔する。エリカの反応から察するに知っているのが前提になるほどの有名な大会のようだ。それを知らないとなると、流石《さすが》にシヴァが4000年前からタイムスリップしたという結論に至らなくても、何かが怪しいと思われるかもしれない。

誤魔化《ごまか》すように視線をセラに向けると、補足するような文がホワイトボードに浮かび上がる。

【……世界中の魔法学校の生徒が、年に1度戦う大会……だったと思います。私もあまり詳しいことは……】

「えぇ？　セラさんもそんな認識？　今時の10代って、そんなものなのかなぁ……？　自分に関わりの薄いことには興味がないみたいな……」

最近の若者の傾向に頭を悩ませながらも、エリカはチョークを手に取り、教室で唯一残っていた黒板に背伸びしながら概要を説明する。

「セラさんが言った……いや、書いた？　とりあえず言ったとおり、年に1度、勇者学校、魔王学校、獣帝学校、霊皇《れいこう》学校、そして賢者学校の五大学校を含めた、200近くにも及ぶ世界中の魔法学校の代表生徒チームが魔法で競い、優勝を奪い合う大会なの」

「そりゃあまた、随分デカい大会みたいですね」

シヴァは明確な興味を示す。

「軍事機密の関係で、魔法を行使した試合大会は魔導学徒祭典が世界で1番規模の大きい大会だからね。ちなみに、この大会は4000年前、《破壊神》シルヴァーズ封印に伴った、種族間の戦いの停戦を記念した大会でもあるんだよ……って、2人とも？　どうして顔を逸《そ》らすの？」

「いや、別に……」

【……何でも、ないです】

自分が倒された記念に大会が開かれた事実に、シヴァは凄《すご》く微妙な気分になった。セラもそんなシヴァの心境を慮《おもんぱか》ってか、何とも言えない気持ちに。

「ただ……凄く言い辛《づら》いんだけど……わたしたち1年5組には、あまり関係のない話なんだよね、魔導学徒祭典」

「え!? 何でですか!?」

大会の成り立ちはどうであれ、せっかくだから記念に参加しようかと、他の生徒が聞けば恐怖で慄《おのの》きそうなことを考えていたシヴァは落胆と共に聞き返す。

「大会の出場メンバーの規定の問題があってね。各校から代表チームが大会に出るわけだけど、そのメンバーは個人の能力じゃなくて、クラス毎《ごと》の総合能力で決まるの」

【……えっと……つまり、賢者学校で1番凄いクラスが、魔導学徒祭典に出場できる?】

「基本的にはそうだね。ただ強いだけじゃなくて、協調性も選出基準になるの。クラスメイトとすら協力し合えずに足を引っ張りあうようなら、学校としても世間に公開する大会に出したくないし、運営委員会からも大会の品位を下げるような生徒は出さないようにって言われてるしね。例外として5人の役員からなる生徒会も選出候補になるけど」

「……その生徒会ってのは、魔法の実力でメンバーが決まってるんですか?」

「うん。賢者学校のトップ5だよ。どこの魔法学校の生徒会も、そんな感じじゃないかなぁ?」

賢者学校高等部の1クラスは約30人。6倍の人数差というハンデを負う代わりに、選《え》りすぐりのメンバーでの出場も許可されているという事だろう。

「で、ここからが5組が参加できない理由だけど……大会は1試合毎にクラスの代表を4人選出して行われる個人戦が4回と、クラス全体が参加する総合戦が1回、計5回の試合が行われるの。

それで最後の総合戦は、最低でも個人戦に出た4人に加えて、1人は必ず出ないといけないんだよね。つまり……」

「大会出場には、クラスメイトが最低でも5人いると？」

エリカは申し訳なさそうに頷いた。シヴァによって5組の生徒は26人が自主退学している。シヴァとセラを除けば、残っているのは引き籠《こも》りのグラントと、サボり魔と称される生徒だけ。この2人が参加できても、後1人足りないのだ。

「な、なんかゴメンね、2人とも。先生が何とかしてあげられたらいいんだけど……」

「いやいや、このことで先生を責めるのはお門違いですよ。少し残念ですけど、縁が無かったってことで。…………ぶっちゃけ、半分以上は俺が原因ですし。ははっ」

乾いた自嘲の笑みを浮かべるシヴァ。まさか自分の手加減知らずがこんな事態を招くとは思っていなかった。

「で、でもほら！　さっきから言ってるけど、魔導学徒祭典はすごく大きな大会で、毎年お祭り騒ぎなの。だから参加しない生徒も観戦や屋台で楽しんだりできるんだよ？」

「祭り！」

そう聞いてシヴァは目を輝かせた。昔から楽しいものの代名詞として話には聞いていたが、実際に目の当たりにすることはなかったシヴァにとって、祭りとは是が非でも体験してみたいものの1つなのだ。

「いいなぁ、それ。昔から祭りっていうのに参加してみたかったんだよ！　セラも楽しみじゃね？」

「…………っ」

コクコクと頷くセラ。セラもセラで、祭りは蚊帳《かや》の外から眺めるだけのものだっただけあって、密《ひそ》かな憧れがあったのだ。

そんな2人の様子に「大袈裟《おおげさ》だなぁ」と苦笑しながら、エリカは教材を教卓の上に置く。

「それじゃあ、そろそろ授業を始めるね。まずは――」

その時、シヴァはこちらに向かってくる魔力の反応を察知した。それに遅れる形で草や落ち葉を踏む音がセラとエリカの耳に入る。

「な、何だコレ……？　わ、私の教室はこっちって聞いたのに、な、何も無いじゃないか」

「グ、グラントさん!?」

黒髪と悪魔崇拝者《サタニスト》、またはその子孫の証《あかし》である角と肉食獣のような赤目が特徴的なエルフ、引き籠りのグラントが制服を身に纏《まと》い、突然教室跡に現れて驚く3人。その反応にグラントは居心地悪そうに身を捩《よじ》った。

「な、何だよ……？　わ、私なんかが学校に通うなっていうのか？」

「う、ううん！　そんなことない！　嬉しいよ！」

「まぁ、いきなり通学してくるとは思ってなかったけどな」

「……ふん」

グラントはプイッと紅くなった顔を背ける。

「そ、そんな事より……お、お前っ」

「ん？　俺？」

グラントは足音を荒立てながらシヴァの前に来ると、気持ちを落ち着かせるように深呼吸をした。

「……き、昨日は色々と想定外のことがあって、と、戸惑ったりしたけど……お、お前が私のゴーレムを壊せるくらいに規格外な凄い奴だって言うのは、認める。…………へ、変な言い掛かりつけて…………ん」

「お、おう」

誰にも聞こえないくらいの声量で掠《かす》れるように告げられた謝罪の言葉をシヴァが受け取ると、グラントは威勢よく顔を上げた。

「で、でも！　このまま勝ち逃げされるのも釈然としない！　だ、だから当面はお前でも壊せない、よ、より完璧なゴーレムを作るから、覚悟しとけ！」

その言葉にシヴァは思わず瞠目《どうもく》する。今の時代に来て、曲がりなりにも敵対して1度敗北を喫しても尚《なお》向かってくる威勢を見せたのはグラントが初めてなのだ。

「と、とりあえず、敵を知るためにしばらく私も通学、するから」

「そ、そっか！　じゃあ先生、急いでグラントさんの分の椅子と画板を持ってくるから待っててね！」

「だ、だから何で壁どころか机も椅子もないんだ……？」

どこか嬉しそうに駆けだすエリカを見送ると、グラントはおもむろに注射器を取り出す。

「ま、まぁ戻ってくるまで暇だし、そ、その間に血液を採取させて。け、血液成分を解析して、お前の得意な魔法系統を割り出し、そ、それに対応したゴーレムを作ってやる」

「これから倒そうって相手に対して、よくそこまで明け透けに……まぁ、別にいいけど」

せっかく登校するようになったクラスメイトの頼みだと、シヴァは腕を差し出し、グラントは注射器を血管に刺そうとするが――

「熱っ!?　お、お前！　け、血液採取しても良いって言って腕まで出したのに、魔法で攻撃してくるなんて！　い、嫌がらせか!?　わ、私の角とか眼が変だからって！　し、しかも針が刺さらないし！」

「いや、わざとじゃないんだってば！　俺は無抵抗に腕出しただけから！」

【あ、あの……シヴァさんは本当にワザとやった訳じゃなくて……】

針がドロドロに融解した注射器を慌てて投げ捨て、シヴァの胸ぐらを掴み上げるグラントをセラが何とか宥めようとする。

現代にタイムスリップしてから初めて、シヴァの異常さを理解した上で超えようとする最初の人類の挑戦は、こうして始まるのだった。

4

　こうしてクラスにグラントが合流すると同時に5組最初の授業が始まった。

　教室から別校舎の薬学実験室に移動したシヴァたちは、黒板の前に立つエリカに視線を向ける。

「それじゃあ今から魔法生物学の授業を始めます。今日は実際に魔法薬を作る実験なんだけど、魔力を一時的に増幅させる魔法薬の合成方法を教えていくね。治癒力を活性化させる初歩的な魔法薬は、初等部で習っただろうし――――」

「「「…………」」」

「待って。どうして皆《みんな》一斉に顔を背けるの⁉」

　ある程度の予備知識を前提に話を進められて、一斉に顔を背ける5組生徒。エリカは初等部で習うような魔法薬の作り方すら知らないと態度で示す生徒たちに、逆に慌てる羽目になった。

【魔法薬の授業……受けさせてもらったことが無いです】

「わ、私は魔法工学が専門だし……他の事なんて、し、知らないし」

「魔法薬なんか頼ったことないし」

「えぇー……そ、そうなの？　今時の生徒って、そんなものなの……？」

　今時、初歩的な魔法薬など専門的な学校でなくても授業で習う。しかも10くらいの年齢で。それをクラス全員が知らないとは思いもよらなかったエリカは、教師として新任ゆえにこれが普通なのか判別がつかず、困惑したように首を傾げる。

「だ、大体、私はコイツ《シヴァ》が手も足も出ないようなゴーレムを作るためにクラスに来たんだ……！ほ、他の事にかまけてる余裕なんてない……！」

「そ、そんなぁ……そんなこと言わずに、せっかく授業に出たんだから、折角《せっかく》だし頑張って勉強してみよう？」

心底気に食わないと言わんばかりにプイッと顔を背けるグラント。そんな反抗的な態度に対して、エリカは怒鳴る訳でもなく、穏やかな口調で諭し始めた。

「グラントさんも発明家なら、ふとしたきっかけで閃《ひらめ》きが浮かんで凄い作品が作れたりすることだってあるよね？　一見関係のないことでも、学んでいく内に役立つ発想が思い浮かんだりするかもしれないでしょ？　魔法薬学の事をよく知りもしない内にゴーレム作りと一切関係ないと思い込んで、折角の役立つ知識を知らないままでいるなんて、勿体《もったい》ないと思わない？」

「そ、それは……まぁ」

「だったら、これを機に色んな視野を広げてみた方が良いと思うの。グラントさんが倒すことを目標にしてるシヴァ君は……その、ほら、色々とアレだし。ゴーレム作りの知識だけじゃどうにもならないかもしれないでしょ？」

「すみません、ちょっと。アレって何ですか、アレって」

何はともあれ、グラントはエリカの言葉に考えさせられるものがあったのか、とりあえず大人しく授業を受けることにしたらしい。ぶっきらぼうで無愛想だが、根は素直のようだ。

「それじゃあ気を取り直して、まずは初歩的な魔法薬の作り方を教えていくね。その後は実際に作っていこう」

そう言うと、エリカは数種の薬草類と複数のフラスコを用意し、黒板にチョークで大きく魔法陣を描く。

「これは魔法薬作りの基本になる魔法陣でね、魔力を流せば媒介となっている薬草類やキノコ、魔物の角といった素材から養分を抽出して液体に変換、それをフラスコの中に移すことが出来るの。ここまでは流石に知って――」

「「「…………」」」

「……ないみたいだから、まずは実践してみようか。基本的な魔法陣を応用する幅広い知識は後で教えるとして」

エリカは再度顔を背ける生徒たちに顔を引きつらせながらも実験を始める。魔法陣が描かれた皿に、魔法薬の素材となるものを種類ごとに盛って魔法を発動。素材から養分が液体として抽出され、素材別に複数のフラスコへ液体養分が注入されていく。

【鮮やか……です】

「不純物が魔法薬に混ざらないように発明された魔法だからね。色に混じりっけが無くなって綺《き》麗《れい》でしょ？　後は簡単、抽出した液体養分を黒板に書いた分量を守りながら混ぜ合わせて、アルコールランプで加熱して冷やせば完成だよ」

エリカの指導に合わせて、セラとグラントは順調に魔法薬を作成。鮮やかな緑色の液体……治癒の魔法薬をフラスコの中に満たすことに成功した。

「うんっ！　二人とも良い出来！　オリジナルのものでもない限り、魔法薬は魔法陣と材料を手順通りに用意して合成すれば誰でも簡単に出来るから――」

「先生」

「あ、シヴァ君も出来たかな？」

「何か魔法薬がバチバチ火花散らしながら激しく沸騰してるんですけど」

何言ってるんだろう？

そう思いながらシヴァが持つフラスコに目を向けてみると、そこには本当に火花を散らしながら激しく沸騰する魔法薬で満たされていた。

「な、何でぇ!?」

絶対にあり得ない。先ほどの材料と魔法術式であんな現象が起こるなど、普通ならあり得ない。あれではまるで、今にも爆発しそうな、爆弾製作に使われる爆魔薬《ニトロ》のようではないか。

「あのー、これどうしたらいいんですかね？　……あ、フラスコに罅《ひび》が」

「待ってシヴァ君！　衝撃を与えないように、慎重に――」

慌ててなんとかしようとするが、時すでに遅し。治癒の魔法薬とは全くの別物と化した謎の液体は熱と衝撃をまき散らしながらフラスコを破砕し、薬学実験室には黒い爆煙が濛々《もうもう》と立ち込めた。

「げほっげほげほっ!?」

「あ、あいつ何やって……げほげほっ！　ば、馬鹿かぁっ!?」

【シ、シヴァさん……だ、大丈夫、ですか？】

「な、何か……すんません。けほっ」

爆発の直前、咄嗟にフラスコを胸元に抱えて蹲ったおかげで損壊的な被害はフラスコだけに収まったが、魔法薬の量とは比例しない黒煙によって咳き込む一同。何とか換気して煙も咳も収まった頃、エリカは困惑しながらもシヴァに尋ねた。

「け、結局、どうして魔法薬が爆発したの？　普通こんなことは起きないはずなのに……シヴァ君、何か心当たりはない？」

「いや、俺も皆目見当が」

「は、はぁ？　な、何言ってるんだ？　ま、魔法陣は、そこに描かれた術式以上の性能を発揮しない。今使った薬作りの魔法陣には、間違っても爆発するような術式は組み込まれてなかった」

お前が何かしたんだろ!?　驚いて死ぬかと思ったじゃないか！　そう言って怒るグラントに困ったように頭を掻くシヴァ。そんな二人の間に挟まれてオロオロしているセラを尻目に、エリカはふと、ある実験結果の話を思い出す。

　火山などといった極めて高濃度の炎の魔力が充満する場所で魔法薬を作成した場合、炎の魔力が魔法薬と反応を起こし、爆魔薬《ニトロ》のような危険魔法薬に変質するという話だ。

（で、でもそれは自然の力があっての話で、人が放てる魔力濃度じゃ１０００人集めてもそんな反応を出せないって話のはずなのに……あれぇ……？）

　まさかシヴァ本人の魔力が自然界の魔力と同等以上という事実に、常識的な視点から辿《たど》り着けずに困惑するエリカ。そんな時、薬学実験室の扉が音を立てて開いた。

「ふむ……煙が発生していると聞いて来てみれば、これは少し驚いたね。まさか授業免除のグラント君がいるとは」

「が、学長!?」

　そこに居たのは新しい学長であるグローニア・ドラクルだった。煤《すす》で真っ黒になった部屋の中を見渡し、それでも彼は怒る様子もなく朗らかに話す。

「も、申し訳ありません！　わ、私がしっかり見ていなかったからこんな騒ぎに……！　責任は私がとりますから、どうか――」

「構わないよ。魔法薬の実験中の事故……よく聞く話だ。それよりも、幾度説得を試みても登校することが無かったというグラント君に授業を受けさせたその手腕、同じ新米教育者として、どのように諭したのか是非とも聞きたいくらいさ」

「そ、それはその……私の力と言いますか、何と言いますか……」

「べ、別に……先生に言われて登校したわけじゃないし……」

頭の角を両手で隠しながら気まずそうにグローニアから顔を背け、グラントはチラリとシヴァに視線を向ける。

「こ、こいつ《シヴァ》にゴーレム壊されたから、そのリベンジの為に……その……」

「ほう……君が噂《うわさ》のシヴァ・ブラフマン君か。君とも一度、会って話がしたかったところだ」

ジッと見極めるような視線でシヴァをくまなく見つめるグローニア。何となく居心地の悪さを感じて顔を顰《しか》めるシヴァだったが、グローニアは隣にいるセラにも視線を向けた。

「だが……その前に、セラ・アブロジウス君も交えた話になるだろう」

「…………？」

「……こうして顔を合わせたのは好都合というものだろう。２人とも、放課後になったら学長室に来るように。学長としてではなく、学術都市の暫定統括者として話がある」

5

煤だらけの薬学実験室を全員（シヴァはほぼ役立たずなので、主にセラが）で掃除し、その後の座学等も終わらせて迎えた放課後、シヴァとセラは学長室に来ていた。そこには既にグローニアが待ち構えており、歓迎するとばかりの朗らかな笑みを浮かべて2人を迎える。

「やぁ、突然呼び出してすまなかったね。とりあえず、かけたまえ」

「いや、それは良いんですけど……用事って言うのは、何なんですかね？」

「ふむ。まぁ、お互い暇ではないだろうし、早速本題に移るとしよう」

来客用のソファに腰掛けた2人の前に座るグローニアを見て、シヴァもセラも緊張と警戒を含む表情を浮かべた。

「君たちも知っていると思うが……セラ君の父君であるマーリス・アブロジウス公爵と、その娘であるエルザ嬢が行方不明になった」

やはりその話か……いつか来るだろうと思っていた話に、シヴァは人知れず膝の上に置かれた両拳を握る。今の今まで、実の娘であるセラに事情聴取が来なかったこと自体がおかしかったのだ。

セラも不安そうにホワイトボードを両腕で抱きしめている。どうやってこの場を切り抜けるか考えていると、グローニアは人を安心させるような笑みを浮かべて告げた。

「そんなに警戒しなくても大丈夫だ。君たちがエルザ嬢と対立したという情報を聞き出してはいたが、調査の結果、証拠不足ということで2人の行方不明に君たちが関与している可能性は低いという結果が出た」

「あ、そうなんですか。……あれ？　じゃあ、何で俺らが呼ばれたんですか？」

「仮にアブロジウス公爵が行方不明ではなく死亡したとして、エルザ嬢も同じく死亡していたとすると、必然的に空席となったアブロジウス公爵家当主の座はセラ君、君のものになるからさ」

セラは心底驚いたように目を見開いた。考えてみれば、唯一残った跡取り娘がセラなら、家はセラが引き継ぐだろう。執事も侍女も自分を軽んじる者ばかりで自分が次期当主という発想自体が無かったから話が来るのが遅れたのか……セラは突然降って湧いたかのような事態に困惑する。

「自治州法に基づけば、前公爵が亡くなり、他に後継者がいない以上、誰が何と言おうと君は20歳になると同時に爵位を継ぐこととなる。……君は今、シヴァ君の家に住んでいるのだったね？住居変更届を学校に提出し、郵送物がそちらに届くようになっているはずだ」

どうやらシヴァは当事者という訳ではなく、当事者であるセラが住む家の主《あるじ》であるから事情説明を兼ねて呼ばれたらしい。

「本来ならば君は今すぐにでも公爵としての知識を学び、領地運営を経験すべき立場だ」

「…………っ!!」

ブンブンブンッ！　と、セラは首を何度も横に振って拒否を示す。やっと自分の人生を歩めると思ったのに、今になって公爵という重圧を背負う羽目になるのは本意ではない。更に言うなら、今まで貴族としての教育を受けてこなかった自分が、僅《わず》か3年足らずで公爵になって職務をこなせるなんて到底思えない。なまじ身分が高いだけに、より多くの人々に迷惑をかけるだろう。

「それならそれでも構わないよ。先ほど、20歳になれば爵位を継ぐことになると言ったが、それと同時に爵位を放棄できるようになる年齢でもある。アブロジウス家は必然的に断絶にはなるが、その場合でも私を含めた自治州を統括する他の貴族たちが学術都市を運営するから問題はない。要するに、君に爵位を継ぐ意思があるのかどうかが知りたかった」

【そう……ですか】

安堵《あんど》の息を吐くシヴァとセラ。このままセラが公爵邸に戻り、離れ離れになってしまったらどうしよう……偶然にも、二人は全く同じことを考えていた。

「それでは君に爵位を継ぐ意思がないことは、私から他の貴族たちに伝えよう。ただし、もし気が変わるようなことがあるのなら、20歳になる前に私に告げてほしい。私としても出来ることはさせてもらうよ」

【ありがとう……ございます。…………あの、それとは別に聞きたいことが】

「？　何かね？」

【義姉《あね》の母は……私の義母《はは》は、どうなったのでしょうか？】

「あぁ、そういえばそんなのいるって話だったな」

セラの実母が亡くなって入れ替わるようにマーリスの後妻となった女が居て、エルザと同様に毎日毎日セラを虐《しいた》げていたはずだ。夫も娘もいなくなった彼女はどうしているのか……別に悪意もなく、単純に気になったセラはグローニアに問いかけるが、当の本人は凄《すさ》まじく怪訝《けげん》な表情を浮かべた。

「エルザ嬢の母？　彼女は10年以上前に亡くなっていると聞いたが？」

「…………？」

セラは訳が分からず頭の中が真っ白になる。10年以上も前に亡くなっているなどあり得ない。セラがシヴァの家に転がり込むことになった日の朝だって義母は確かに屋敷に居て、嗤《わら》いながら熱い紅茶の入ったカップを頭に投げつけてきたのだ。

「元々市井の中で暮らしていたアブロジウス公爵の愛人であったが、彼女が亡くなったのを機にエルザ嬢が引き取られたはずだ。取り調べを受けた公爵邸の家令や使用人たちもそう言っているし、現に後妻どころかエルザ嬢以外の貴族女性がいた形跡が館にはない」

「……なんだそりゃ？」

では、今まで見てきたエルザの母は、父の後妻だと言っていた女性は一体誰だったのだ？

セラはカップがぶつけられた頭が疼《うず》いて思わず手で擦《さす》る。既に傷は塞がったが、確かに実感した痛みと熱とは裏腹に、夢幻のように消えた義母の存在に、セラは鉛のような不安を抱えることになった。

6

翌日。以前グラントのゴーレムが融解炎上した、学園で一番端にある演習所に集まった5組一同は、エリカが小さな両腕一杯に抱えてきた多くの資料を見ながら首を傾げる。

「今日は何するんですか？　外に出たってことは魔法の実習？」

「うん、そうなんだけど……その前に軽く説明しておくことがあってねっと」

よいしょと言いながら山積みの資料を置いてエリカはシヴァたちに向き合う。

「えぇっと、グラントさんは知らなかったかもだけど、今年の1年5組はその……色々事情があって、生徒数が凄く少ないの。登校してるのはここに居る3人だけで」

「……そ、そう言えば、あまり興味もなかったけど……ふ、普通のクラスってもっと人が居るような気がする。な、何でこんなに少ないんだ……？」

「うん、その……事情があって」

「「…………」」

まさかその原因がクラスメイト《シヴァの腕相撲》の1人にあるとは言えず、各々《おのおの》無言や諸事情という言葉で誤魔化そうとする。無理矢理話題を軌道修正したエリカは必死に取り繕うような笑顔で続けた。

「でね、本当なら魔法の実習はどのクラスもある程度は一律して同じように教えるようにするんだけど、今回は人数が極端に少ないなら、それぞれの生徒に合った魔法を教えるように学長先生から通達があったの」

大人数を個別で教えるのは極めて難しい。熟練の講師でも不可能だろう。しかし、5組のように極端に生徒数が少なければそれも可能ということらしい。

「でもそんな特別扱いみたいなの、よく向こうから言い出しましたね。学校の体裁みたいなのもあるんじゃないんですか？」

「私も最初はそう思ったんだけど……皆、魔法使うのに色々と問題があるよね？　先生、皆のこれまでのデータを見て分かったの」

一体何のことだろうと互いに顔を見合わせるシヴァたちに、エリカは心を鬼にして告げる。

「セラさんはまず、これまで取得するはずだった魔法実習の単位が全然取れてない。本当なら、高等部に上がれず中等部で辞めさせられるくらいの成績で……正直、先生も何があったのか、すっごく混乱してる。だから単位を取り直すようにって」

「……っ」

セラは元々、生徒たちの鬱憤晴《うっぷんば》らしの為だけに父親であるマーリスに強制入学させられた身だ。進級できたのは恐らく、溺愛していたエルザが比較的簡単にセラをサンドバッグのように扱えるようにするためだろう。

同学年の方が目に付くところに居やすい……思い返してみれば、実に悪質な扱いだ。

「グラントさんは授業免除されてたから今までの不登校期間の単位は問題ないのだけど……登校するようになった以上、これからは単位を取らないと駄目だって。単位落としたら研究塔も取り上げるって、学長先生が」

「そ、それは困る！　うぅ……け、軽率だった。じゅ、授業に出ずにコイツ《シヴァ》のところにデータを取りに行くだけにしておけば……」

余談だが、賢者学校の敷地内には、講師や卒業生用の研究棟が幾つもある。元々《破壊神》シルヴァーズを倒すための下地を作るために建てられたのが五大学校なわけだが、時が進むにつれて魔法の研究をする為の場所という側面を見せるようにもなった。

グラントの研究塔もその内の1つである。彼女のように在学生のうちから棟を与えられるのは非常に稀《まれ》らしいが、その分グラントにとっても研究場所を失うのは痛手なのだろう。

（でも……そこまで本気で魔法を極めようとしている連中が大勢いるのに、4000年前と比べて戦うための魔法に関しては弱体化してるんだよなぁ。終戦から学校が建つまでの間の2000年で、どれだけの魔法技術が失伝したんだか）

「それで最後にシヴァ君なんだけど……」

え？　俺も？　と、シヴァは自分で自分を指さす。クラスの再振り分け以前の実習ではそこまで悪い結果を出したつもりはないし、授業態度だって真面目であったという自負があったのになぜ……と、思っていると、納得の一言が告げられる。

「魔法を使う時、手加減できなくて校舎や備品を沢山壊してるよね？　その事も今更ながら問題視されてるから」

「そ、そういえば……ここ1ヵ月くらいの間、色んな所から凄い音が聞こえてたな……わ、私の研究塔にまで響いてた」

こればっかりは何も言い返せないと、顔を両手で覆ってさめざめと泣くシヴァ。そんな色々と駄目な同居人を見かねたのか、セラはシヴァとエリカたちの間に庇《かば》うように立った。

【あ、あの……シヴァさんは一生懸命頑張って手加減してるんです……！　毎日毎日遅くまで練習もしてて……！　い、今はまだ上手くいってないですけど……その……】

「あぁ、ごめんね？　責めてるわけじゃないんだよ？」

「……い、いや、責めても良いような気が……」

普通に考えれば罵倒の嵐からの厳重な処分が下るところだ。様々な思惑があってそうなっていないだけで、シヴァはかなり運が良い方だろう。

「と、とにかく！　皆の魔法技術には色んな事情や問題があるし、生徒が少ないならむしろ好都合ってことで、個別で教える内容を変えるようにって学長先生から通達があったから、今から皆にはそれぞれの実習内容が記された用紙を配るね」

そう言うと、エリカは三人にそれぞれ違う内容が記された用紙を配る。綺麗で読みやすい文章で綴《つづ》られた実習内容は、用紙の裏面にまで続いていた。

「とりあえずグラントさんは魔法技術に関しては問題が無いから、他のクラスと同様に取得単位に必要な内容になってて、シヴァ君はとにかく威力の調整。それさえ出来れば問題ないから。最後にセラさんなんだけど、まずは精霊化の練習から始めようか」

「精霊化?」

聞き覚えのない単語に首を傾げるシヴァ。

「セラさんは人間と精霊のハーフでしょ? 精霊の血が混じっている人は、普通の状態で魔法を使うとどうしてもコントロールがブレるの。人と精霊とじゃ魔力を操る方法が生物学的に異なることが原因なんだけど……」

エリカ曰く、人間や魔族、獣人に亜人といった生物は体内で魔力を生成するのに対し、精霊は自然界から魔力を供給する存在だ。集めた魔力の質が違えば、それを操る方法も異なってくる……人と精霊の間に生まれた子供は、体内でも魔力を生成し、体外からも魔力を供給するので、質の違う2種類の魔力を体に宿し、それらが反発しあい、個人差はあるものの魔力の運用を不安定なものにするらしい。

(そう言えば、魔法陣を描くことだけ教えてたから、まだ灰属性の魔法を実際に使ったことが無かったな。まさかそんな問題があったとは)

これはシヴァも知らなかったことだ。4000年前までは混血自体極めてまれな存在で、特に精霊が人類種と子を生《な》すこと自体聞いたことが無かったので見聞きしたことのない問題だが、この平和な時代、様々な種族が交じり合って発覚した問題も多いのだろう。

「だから精霊のハーフは適性のある属性の魔法を使う時にも不備が出るんだよね。そんなハーフの子が問題なく魔力を運用するための方法が精霊化。今の人としての姿じゃない、精霊としてのもう一つの姿がセラさんたちにはあって、その姿を一時的に解放し、身の内の魔力を自然界由来の魔力に変換するための技術や魔法陣が開発されたの」

【今の姿じゃない、精霊としての姿……？】

「事前のデータだけ見た限り、セラさんは言うほど不安定でもないんだけど、いつ暴発するかは分からないしね。まずは精霊化を覚えれば、より安定して魔法を使えるようになるはずだよ。やり方に関する資料も取り揃《そろ》えてきたし、先生と一緒に頑張ろうねっ！」

ドスンと、三回音を立ててセラたちの前に大量の資料を置くエリカ。それを見たシヴァは、何となくだがエリカは本当に熱心な教師であるということが分かった。人が違えばどうしようもない悩みや問題も異なる。それを理解することを放棄するような楽な道を選ばず、真摯に生徒と向き合っているのだと。

（この先生が担任なら、俺たちの学校生活もより良くなりそうだ）

そう確信し、シヴァたちの授業は始まる。グラントは課題通りの魔法を片手間で適当かつ着実にこなしつつゴーレムの設計図を走り書きするという、真面目なのか不真面目なのか分からない態度で。

最も魔法技術が遅れているセラはエリカ主導の下、精霊化に至る為の方法を資料に沿って試している。今やっているのは魔法陣を描くやり方……すなわち、専用の魔法によって精霊化する方法を試しているらしい。

「ぬ……くっ……あ、あれ？」

そしてシヴァはというと、エリカに渡された資料とアドバイスを元に手加減の練習に勤《いそ》しんでいた。その手のひらの上には、小さな魔法陣が浮かんでいる。

《発炎《フレム》》という、酸素や塵《ちり》といった可燃物を燃やして小さな炎を発生させるだけの魔法だ。魔法陣の構造上火力には上限があり、比較的被害も少ないので練習用としてエリカがシヴァ用に考えたオリジナルの術式が組み込まれている。

魔法の威力は魔法陣に注いだ魔力の量によって左右される。シヴァが手加減できないのは、魔法陣に注ぐ魔力量の調整が苦手だからだと推測したエリカは、どれだけ魔力を注いでも一定以上の炎が発生しない魔法陣を設計し、その魔法陣を使って瑞々《みずみず》しい葉っぱ1枚に穴を開けるのが課題だと言った。

水分を含んだ葉っぱは火花程度では焦げ目も付かない。この魔法陣だと、最上限の炎が発生する半分程度の魔力を注げば、良い感じに葉っぱに穴を開ける程度の火力と規模の火が生み出されるようだ。

（とは言っても、その魔力注入を少しの間維持し続けなきゃ、穴は開かないし、余り上回り過ぎ

たら穴が開くどころか全部燃えるくらいの炎が出るけどな）

結果はハッキリ言って芳《かんば》しくない。火花が出る程度の最低限の出力か、葉っぱを一気に焼き尽くす最大出力の両極端な結果しか生まれないのだ。

（こんな少量の魔力で火力が大幅に変化する魔法使ったことねぇな。でも、これで手加減を覚えれば、俺はまた一歩リア充への道を……って、またミスった）

100か1か。長年決死の戦いの中で培《つちか》われた加減知らずのシヴァの魔力注入はほぼそんな感じだ。そんな生理現象に似た癖を修正するべく、何枚もの青葉を焼き尽くし続けるが……ここでシヴァもエリカも予想だにしていなかった事態が起こった。

「ふおっ!?」

「きゃあああああああああっ!?」

注がれた膨大極まる魔力量に魔法陣そのものが耐えきれず、暴発したのだ。本来最大出力でも手のひらの上に収まる程度の炎しか発生しない筈の魔法であるにも拘《かかわ》らず、魔法陣が砕け散るのと同時にシヴァの前方に向かって炎の濁流が一直線に迸《ほとばし》り、林を突き抜けて、その先にある建物の壁に大穴を開けた。

「た、大変！　あの魔法演習所では今、1組の生徒が授業をしているはず！」

「え？　マジですか？」

だとしたら死傷者が出ているだろう。半壊した建物を見てそう思ったシヴァは急いで駆け付け蘇生活動をしようとした瞬間、突如1人の女子生徒がシヴァの前に現れる。

それは走って向かってきたわけでも、空から降下してきたわけでもない。移動という工程を無視し、いきなりシヴァの前に立ち塞がったのだ。

「ちょっと！ 今の貴方《あなた》でしょう!? 危うく死人が出るところだったじゃない！」

流麗な金髪を揺らしながら女子生徒……リリアーナ・ドラクルは明確な怒気をまき散らしながらシヴァに対してビシッ！ と指を突き付けた。

「おおっ!? なんか生きてた!? 経験則的に、絶対に死んでると思ってたんだけど」

「死んでないわよ!? ていうか貴方、あまり反省してないでしょ!?」

「いや、してる！ してるって！ ただまぁ、死んでも生き返らせれば良いかなって……」

「そういう問題じゃないから!?」

居丈高《いたけだか》に正論で捲《まく》し立てられてタジタジのシヴァに詰め寄るリリアーナ。炎上する建物の周りでは、水の魔法で懸命に鎮火を試みる1年1組の生徒と担任教師がいて、中には震えながら頭を抱えて蹲る元クラスメイトたちの姿もあった。

それを見たセラは心配する心の片隅で意外に思った。事故とはいえ、これまでシヴァに炎を向けられて無事で済んだ者は1人もいない。

だが1年1組の生徒たちは、見た限り怪我を負った者はいないように見える。突発的に襲い掛かってきた破壊の炎を、咄嗟の判断で対処できるものなのか……その事にセラが疑問を抱いていると、リリアーナは心底呆《あき》れたように嘆息した。

「全く、噂に聞いた通りね。シヴァ・ブラフマン君？」

「え？　俺の事知ってるの？　そういうアンタは確か、新しい学長の娘さんの……」

「リリアーナ・ドラクルよ。もっとも、学長の娘だなんて、貴方がいる限り学校内でも大した威光にもならないでしょうけど。いろいろと聞いてるわよ？」

何を？　と、シヴァが首を傾げると、リリアーナは頭が痛いとばかりに眉間《みけん》を揉《も》む。

「入学試験では受験相手を楽しそうに嬲《なぶ》り殺し、入学したらしたで学校の施設や備品を喜んで破壊。歯向かった前学長の娘であるエルザさんは見せしめとして何度も火炙《ひあぶ》りにしたという賢者学校史上最恐最悪の問題児。他にも大多数の生徒や教師が2日に1回は焼殺されるか校舎や備品が壊される……圧倒的な魔力と力で学校を支配する君の事を、皆は《殲滅魔人《せんめつ》》シヴァと恐れているわ」

「ちょっと待って!?　俺そんな風に呼ばれてるの!?　噂の出所はどこ!?　早く訂正しなきゃ!!」

「でも事実なんでしょう？　違う？」

「違……う……わ、ないけどさぁ……！」

《炎の悪魔》、《滅びの賢者》、《破壊神》に続いてつけられた《殲滅魔人》という悪しき異名に、シヴァは両膝を地面につけて顔を両手で覆いながらシクシクと泣く。高校デビュースタートが最悪過ぎた……400年越しのジェネレーションギャップが招いた結果が、かつて不倶戴天《ふぐたいてん》と恐れられた頃の焼き増しになるとは。

「…………っ！」

「いや、私も包み隠さずズバリと言って傷付けたのは事実だけど、貴女《あなた》が彼を庇っても事実は事実よ？」

ガックリと項垂《うなだ》れるシヴァの頭を抱きしめながら『悪気はないんです』と言わんばかりの眼で見てくるセラに呆れ半分の眼を向けるリリアーナ。

「それはさておき、この落とし前はどうつけてくれるのかしら？　私には貴方を直接罰する権限は無いから、建物を壊したことに関してはこの際置いておくとして、1組の授業をするための場所が無くなったのだけど」

「いや、それについては本当に申し訳ないと謝るしか……むしろそれ以外にどうしろって言うんだ？　出来ることならやるけども」

その言葉にリリアーナは確かに目を輝かせる。それを見たシヴァは安請け合いし過ぎたかと若干後悔した。何かとんでもない、無理難題でも押し付けられるのではと不安になり、手のひらを向ける。

「言っておくけど、不老不死にしろとか言われても無理だぞ!?　俺はその手の魔法は得意じゃないし！　それとも鉱山の金脈丸ごと地上に引きずり出せとか？　もしくは世界征服の為の手駒になれとか……ま、まさかドラゴンの首取って来いとは言わないよな？　流石にそれは……」

「誰もそんな無茶苦茶なこと言わないわよ!?　ていうか、それはどれもこれも不可能な事よね!?」

「…………よかった。2番目と3番目のはともかく、最後のは正直……」

「……?」

掠れるような独り言にセラは首を傾げた。しかしその疑問は展開に押し流されるように記憶の片隅へと即座に追いやられる。

「もし私たち1組に申し訳が無いと思うのなら……シヴァ・ブラフマン君。貴方、1組に入らない?」

『『…………え!?』』

思いもよらない勧誘にシヴァたち5組はおろか、1組の方からも驚きの声が上がる。

「リリアーナさま!?　一体何を言っているのですか?」

「そ、そうですよ!　あんな恐ろしい男がクラスメイトになるだなんて……!」

「嫌アアアアアアアアッ!!　シヴァは嫌アアアアアアアアアアッ!!」

「ほら見てください!　振り分け前の彼と同じクラスメイトだった人たちとか正気を失ってますよ!?」

「そ、そんなに嫌がらなくても……」

かつてのクラスメイトたちの拒否っぷりに、シヴァはまた涙を流してしまう。

「そもそも、クラス替えなんてそんな簡単に出来るのか？　まさか学長の娘権限とか、エルザみたいなこと言わないよな？」

「違うわよ。これは一応、学校の校則として認められてることなのよ」

どういう事？　という意味を込めてエリカを見るシヴァとセラ。

「魔導学徒祭典の出場メンバー登録表を運営側に提出する締め日の直前まで、戦力補強の為に出場が認められた魔法学校では同学年に限り、クラスメイトの引き抜きが生徒たちの自由意思で行えるの。方法は決闘でも交渉でも何でもありなんだけど……リリアーナさんの言う通り、魔導学徒祭典までの間はクラスメイトの入れ替えや引き抜きが出来るのは事実だよ」

【……初めて聞きました。あの……それなら5組も参加できたんじゃ……？】

「……こんなことは言いたくないんだけど、その……5組ってだけで遠巻きにされがちだったりするから」

「あー……なるほど」

シヴァたちはその言葉に気を悪くすることもなく素直に受け入れた。元々、5組は成績不振者や問題児が集められる下位クラス。そんなクラスの生徒など、引き抜くに値しないと思われても仕方ないだろう。

「まぁ、そういう事。私としては何としても魔導学徒祭典で優勝したい……そのために力ある生徒は可能な限り欲しい。そう、貴方のようなね」

「えー……」

しかし、1年5組には例外的にシヴァという規格外の存在もいる。評判を気にしなければ目を付けられてもおかしくはない、極めて破壊的な魔法を操り、蘇生魔法まで使うという、学生の範《はん》疇《ちゅう》に収まらない生徒が。

シヴァは大いに渋った。せっかくセラと同じクラスになれて、気の優しい担任教師を持ち、普通に話せるクラスメイトとの交流も生まれ始めたのに、何が悲しくて自分の事を怖がっている連中ばかりの1組に移籍しなくてはならないのか。

「…………」

「はうっ!?」

その時、セラはシヴァの服の裾を指先で抓《つま》み、「行っちゃうんですか？」と言わんばかりの不安そうな顔で見上げてくる。僅かに潤んだ瞳と上目遣いのコンボに動悸《どうき》を抑えきれずに心臓の鼓動と同じく加速しそうになる周囲の熱運動を抑えていると、エリカの背後に隠れていたグラントも抗議の声を上げてきた。

「そ、そんなの断れ……！　い、1組なんかに移籍したら、ゆ、許さないからな……！」

「何でお前は先生の後ろに隠れてるんだよ？」

「い、いいだろ何でも……！　こ、こんな大勢の前に出るの何か……い、嫌だし」

どうやら人前に出るのは相当嫌らしい。悪魔崇拝者《サタニスト》の末裔《まつえい》として周囲からも嫌な目で見られることも多かったであろうグラント。本来なら人前に出るのも嫌がり、存在を気づかれたくないであろう彼女が、離れ離れになろうとするクラスメイトを必死に繋ぎ止めようとしている。

「グラント……お前まさか、俺とクラスメイトじゃなくなるのが寂しくて……」

「お、お前が1組なんかに行ったら、け、研究が進められないじゃないか……！　せ、せっかく人が少なくて何とか過ごせる5組で集中して研究できる環境なのに……！」

「あぁ、はい。そういうことっすか」

ようは自分が落ち着いて研究できる環境にいろという事らしい。元々セラも物静か（というか喋《しゃべ》らない）で、エリカも寛容なところがある。人嫌いのグラントが静かに研究対象であるシヴァを観察するには、5組という環境はうってつけなのだろう。

「ま、私のクラスメイトも貴方のクラスメイトも反対するだろうというのは予想の範疇だったわ。そこで貴方には、反省の証として私からの提案を受け入れてもらうわ」

「それはもう強制という奴なのでは？」

「あら、そんなことはないわよ？　断れば、誠意も何も無い問題児として、貴方に対する周りの目がさらに厳しいものになるというだけで。果たして、貴方はどうなのかしらね？」

ニッコリと輝くような笑顔でそう言ってのけるリリアーナに、やはり彼女は学長の娘なのだと実感せざるを得ない。友達を多く作り、彼女（セラと付き合う予定）がいる学校生活を送るリア充という頂きを目指すシヴァとしては、それは避けたいことだ。

「魔導学徒祭典に向けたクラスメイトの引き抜きを賭けた生徒同士の決闘……すなわち、争奪戦を貴方に申し込むわ。勝負形式は私と貴方の1対1でどうかしら？」

「……マジで？」

予想だにしていなかった展開にシヴァは思わず呆然とし、周囲は『リリアーナが血迷った！』と大騒ぎ。４０００年前ですらシヴァと1対1で戦うことは避けるようにしろというのが常識だったが……それを自らの意思で自ら進んで挑む者などよほどの物好きしかいなかった。現代の魔術師の眼から見てもそう映るだろう。

「どっちにしろ、今の貴方の手綱《たづな》を摑まずに放置し続けるのも良くないもの。だから勝敗が決した時の条件は、私が勝てば貴方は1組に移籍の上で私の指示に従ってもらう。貴方が勝てば私が5組に移籍し、貴方が学校で無暗《むやみ》に魔法を使わないように監督する。悪いのは貴方なんだから、このくらいの条件は当然よね？」

「お、おう……」

正論と言えば正論。言い返せずに条件を受けいれたシヴァに満足したのか、リリアーナは人差し指をシヴァの顔に突き付けて、満面の笑みを浮かべた。

「魔導学徒祭典優勝は、賢者学校にとっても世界的にも非常に名誉な事よ？　その影響は少なからず1組にも恩恵を与えるし、もし貴方が汚名返上をしたいというなら、悪い話じゃないと思うわよ？」

7

授業は急遽《きゅうきょ》、1年1組と1年5組の代表者同士による模擬戦に変更され、1組と5組は大きな長方形の白線……簡易的な決闘場を挟んで対面することとなった。

結論から言えば、シヴァはリリアーナからの決闘を受けることにした。完全に非がシヴァにある以上、元々文句を言える立場でもないし、汚名返上も出来るというのなら是非もないのだから、当然と言えば当然の結果である。

【あの……大丈夫でしょうか？　シヴァさんも……リリアーナさんも……】

シヴァの手加減知らずは、この場にいるセラが誰よりも知っている。リリアーナが最悪死亡体験をする羽目になるのは目に見えてしまうし、そうすればシヴァに対してより厳しい視線が向けられるだろう。

「それなんだよなぁ……この賢者学校に入学してから2回くらい模擬戦の授業に参加したことあるけど、結局全員が一度は死んだし」

1回目はエルザが率いるクラスメイトたち。2回目は授業で1対1の試合形式で。それ以降は誰もシヴァと試合すらしたがらず、教師ですら（色々と駄目な意味で）シヴァを特別扱いし、模擬戦の授業を免除されたくらいだ。

正直な話をすれば、シヴァ自身も手加減が出来る気がしない。どんな攻撃でも当たれば致命傷になってしまう訳だが――

「なら当てなければいいんじゃないかな？」

そんなシヴァに光明を指し示したのはエリカだった。

「今回は実戦でも試合でも何でもない、単なる模擬戦なんだし、寸止めだって有効だよ。相手が何らかの行動を移すより先に攻撃を当てられるっていう状況を作れれば、リリアーナさんも負けを認めるんじゃないかな？」

「え？　そんなこと出来るんですか？」

４０００年前は、自分が死のうとも一撃を敵に見舞い、後続の勝利に貢献する……そんな戦法が当たり前のようにまかり通っていた時代だった。シヴァ自身も、自身の死を確信しながら魔法を直撃させようとする者ばかりと戦ってきたので、エリカの言うところの寸止めには疑問を感じざるを得ない。

「それはそうだよ。だって練習で大怪我なんてしてたらやってられないでしょ？　少しの怪我ならまだしも」

「……なるほど？」

いまいち理解できない古代人シヴァ。４０００年前に集団での訓練も頻繁に覗《のぞ》き見て参考にしていたが、その時も蘇生魔法ありきの戦闘訓練ばかりだったので、いまいち理解しにくい。

「「「………」」」

首を傾げながら無理矢理納得しようとするシヴァになんとも言えない不安が募ってきた5組の3人。

「と、とにかく！　実際に攻撃を当てなければ大丈夫だよ！　……大丈夫だよね？」

「い、いや……そ、そんなの私に聞かれても困るし……」

「………」

当てなくても風圧や熱だけで人を殺せるのがシヴァだ。その事を知っているセラは不安そうにシヴァを見上げる。

「いや……今までは当てなきゃいけないっていう前提でやってきたから被害出しちゃったけど、当てなくても勝てるっていうならやりようはある。……それに、リリアーナならある程度の魔法を使っても大丈夫だろ」

【それって、演習所の時の……？】

「ああ。多分、あいつの適性属性は……」

「そろそろ良いかしら？　そろそろ始めたいのだけれど」

言いかけたところで、リリアーナがサークルの中で既に待ち構えていた。

「ああ、悪い。それじゃあ、行ってくるな」

【……頑張って、ください】

そんな文字が浮かび上がるホワイトボードで口元を隠しながら上目遣いでこちらを見上げてくるセラに、シヴァは思わず体内の魔力を激しく滾《たぎ》らせそうになったが、一度深呼吸をしてからリリアーナと対面する。

「勝敗条件は戦闘不能及びギブアップ、それかサークルの外に足が付いたら負け。開始はこの金貨が上に弾《はじ》かれ、地面に落ちると同時……それでどう？」

「異議はねぇな。……？」

この時、シヴァはリリアーナに対して違和感を覚えた。そんな様子に気付くことなく、リリアーナは金貨を親指で上に弾く。

「話題の問題児の力……私に見せてちょうだい！」

そして金貨が地面に落ちた瞬間、バックステップで後退するリリアーナの周辺に５つの魔法陣が数秒で浮かび上がり、それぞれの魔法陣から地水炎風雷の槍《やり》が放たれる。五大属性全てに適性があるのか、いずれも均一の威力でシヴァに突き刺さり、爆煙を巻き起こした。

「出た！　超高等技術、五連起動式魔法陣だ！　しかも五大属性全てを同時に使うなんて、流石リリアーナ様だ！」

「これは流石のシヴァも一溜《ひとたま》りもな――――」

そんな歓声を上げる１組生徒たちだったが、無傷の状態で煙をかき分けてリリアーナの元に歩みを進めるシヴァを見て一斉に凍り付く。

「無傷、か……。流石に傷つくわね。一応今のは私の得意技だったのだけど」

「いや、これでも驚いてるぞ。五大属性全てに適性を持っている奴なんて、そうはいないからな」

以前シヴァはセラに対し、人が先天的に属性へ振り分けられる適性を数値で表したことがあるが、リリアーナはその数値が高いのだろう。シヴァからすれば威力不足も甚だしいが、この時代からすれば十分な威力だ。

だがリリアーナの本領はそれだけではないだろう。現代人が扱うただの五大属性魔法では、シヴァの炎は防げないのは、炎属性に有利な風と水の属性を操っていたエルザやマーリスが既に身を以《もっ》て証明している。

「でも、回避も防御もせずに歩いてくるなんて随分と舐めてくれるじゃない!? 《地層挟壁《アトラ・バルト》》！《薄刃風《ミスティド》》!!」

シヴァの足元の地面が割れ、岩盤が彼を強く挟み込み、その隙間を縫うように薄く研ぎ澄まされた刃《やいば》がシヴァの正中線を捉えんと迫る。

(前に走って隣を通り過ぎただけで死んだ奴が居たんだよなぁ)

音速を遥《はる》かに超える速さと溢れんばかりの炎の魔力によって灼熱《しゃくねつ》を帯びたソニックブームを巻き起こす、《滅びの賢者》の疾走である。それ以降、シヴァは人前では小走りに止《とど》めることを心掛けている。

そんな事を思い返しながら、シヴァは岩盤を砕き、迫る風の刃を腕で弾くと同時に緩やかに跳躍。10メートル以上離れていたリリアーナの元まで軽々と飛んでいき、前頭部を鷲摑《わしづか》みにして『何時でも殺せる』ことをアピール、降参を促そうとするが――

「《空間跳躍《アポート》》！」

手が触れる直前にリリアーナが眼前から消えた。その直後に背中に感じる衝撃。振り返ると、そこにはリリアーナが立っていた。

「やっぱり空間属性の使い手か。五大属性に加えて空間属性……多彩過ぎるだろ。ちょっと羨《うらや》ましいくらいだ」

「全然そうは見えないけどねっ！」

最強の矛がシヴァの炎だとするなら、最強の盾とは空間魔法に他ならない。どんな攻撃も当たらなければ意味はないのだ。空間と空間を自在に行き来する、空間属性の基本的な魔法、《空間跳躍《アポート》》を広範囲を巻き込むように発動させたなら、リリアーナが迫るシヴァの炎からクラスメイトたちを守れたのも頷ける話だ。

その後も近づこうとすれば空間魔法で逃げ、遠くから攻撃。ヒット&アウェイを繰り返すリリアーナ。シヴァに為《な》す術《すべ》はないように見えるのだろうか……新1組（特にシヴァの振り分け前のクラスメイト）の生徒は歓声を上げ、セラたちは心配そうにこちらを見ている。

（スタンダードだけど良い戦い方するなぁ。慎重で、こちらを侮《あなど》っている様子もない……が）

シヴァにダメージは無いに等しい。そもそも、《火焔式・源理滅却《アヴェスター》》を使えばすぐに勝負を決められるのだ。

シヴァが持つ最強の魔導書《火焔式・源理滅却《アヴェスター》》によって生み出される蒼《あお》い閃熱《せんねつ》は、時間や空間、概念すらも含んだこの世全ての最小構成要素……魔術師風に言えば根源を種類問わずに〝最速〟で焼き尽くし、無に帰す。一度顕現すれば時空間は捻《ね》じれ歪《ゆが》み、空間魔法は発動すら不可能となるだろう。

だが、たとえこの模擬戦が蘇生魔法前提の実戦形式であっても使えない。シヴァには、命を奪うつもりで敵対する者以外に魔導書を開かない理由がある。

（さぁて、どうすっかな）

四方八方から迫る魔法を手で弾きながら、シヴァはゆったりとした……周囲から見れば身体強化魔法を駆使した高速移動に見えるが、シヴァ的には小走り感覚で空間魔法を用いて回避に集中するリリアーナを追いかける。

一番簡単な手段は使えない。同じ空間魔法を使えれば話は違うが、加減知らずのシヴァが適性のない空間属性の魔法を使えばどんな被害が出るのか想像もできないし、セラたちを巻き込まない自信もない。

単なる炎属性特化の魔術師ならこの時点で詰むだろう。空間魔法とはそれほどまでに厄介極まりないのだ。

「《灯火光駆《シャースラム》》」

しかし、シヴァはこれまで幾人もの空間魔法使いを仕留めてきた。たとえ正攻法を取れなかったとしても、それ以外に手立てがないわけでもない。シヴァはサークルの上空に強い光を放つ炎を発生させる。

（サークル全体を炙り焼く魔法……!?　いや、大して熱は感じない……一体何のために!?）

目的は分からないが、直接的な害がない以上、やることは変わらない。間合いの外から攻撃を当て、近付き始めれば空間魔法で逃げる。そしてリリアーナは攻撃後に自分の方をシヴァが向いた瞬間に《空間跳躍《アポート》》で逃げたが……その転移先にシヴァが既に回り込んでいた。

「なっ!?」

慌てて再度空間魔法を発動。今度はルールの裏を掻くようにサークルの外……しかし、地面に足が付かない上空へと移動したのだが、そこにも炎を噴射して浮かぶシヴァが先回りしていたのだ。

「はい、捕まえた」

「くっ!?」

「ああっ!?　リ、リリアーナ様が!?」

シヴァに前頭部を軽く鷲摑みにされたリリアーナ。その顔には悔しさと同時に疑問が浮かんでいる。

「……ねぇ、少し聞いても良いかしら？　どうやって空間魔法を使う私の先回りをしていたのかしら？　どこに現れるかは魔力の探知でどうにかなるとしても、ただの身体強化で追いきれるとは思えないのだけれど」

「別になんてことはない。ただ自分の肉体を一時的に光子化して、魔力の出所を探って追いかけた。だから結果的に先回りしているように見えたってだけだ」

それは魔術の世界における、所謂《いわゆる》光速移動だ。物体は光速に至る事は出来ないが、肉体を光子化することで光の速さで移動する術式が現代でも確立されている。一時的に質量を失うので破壊力こそ皆無だが、速度に関しては右に出るものはない。

《灯火光駆《シャースラム》》は炎の光が届く範囲ならばシヴァの体をタイムラグ抜きで光子化し、光速移動を可能とする魔法である。

いくら空間と空間を行き来し、超長距離移動に関しては光よりも速い空間魔法と言っても、それは人間の意識下で行われるもの。ならば、空間魔法を使うという意識に体が追い付くよりも先に距離を詰めて捕らえればいい。

「嘘でしょ……？　それって光速移動？　それは光属性の適性を持つ者以外に使用できない、高等魔法のはずよ？　貴方は炎属性への適性に偏っていたのだと思っていたのだけれど」

「光属性なんて言っても、それは炎や雷といった発光する属性から派生したもの。炎から生じる現象である発光を利用し、疑似的に光属性の魔法を使う術式を使っただけだけど……え？　これってそんなに珍しい？　結構ありふれた魔法術式だと思うんだけど」

「本来適性のない派生属性を、適性のある派生元属性を基盤として安定した魔法を発動させる術式……話には聞いたことはあるわよ。遥か古《いにしえ》に失われた、現代では再現不可能とされる古代魔法の術式としてね。それをさも当然のように扱うなんて……貴方、何者？」

「…………」

やべぇ、やらかした。顔から脂汗を大量に流すシヴァの脳内は、その言葉で一杯である。

このまま追及されればヤバい。まさか自分は4000年前からタイムスリップした……しかも、世界から恐れられた《破壊神》と呼ばれた男であるなどと言えるはずもなく、固まった表情のまま頭を悩ませていると、リリアーナは溜息《ためいき》と共にシヴァの腕を退《ど》けた。

「別に言いたくないなら無理に言わなくても良いわよ。クラスメイトになるんだから、何時か知る機会もあるでしょうし」

「えっ？　それって……」

「私の負けよ。あんなに攻撃を当てても無傷だし、あそこまで追い詰められたらね。……あー、悔しいっ」

どうやら追及は免《まぬか》れたらしい。その事にホッとすると、シヴァは気になっていたことを聞くことにした。

「そんなに悔しいって思うなら、どうして最初から勝とうとしなかったんだ？」

「……何の事かしら？」

「惚《とぼ》けるな。開始直後から魔力を使い果たす勢いで魔法使いやがって」

そもそもリリアーナは自分の魔力量とシヴァのダメージを一切計算せずに、魔力消費の激しいとされる空間魔法や同時発射術式を連発していた。まるで自分の全力がどこまでシヴァに通用するかを試すように。

「大した理由は無いわ。ただ、あえて言うなら……シヴァ・ブラフマンが所属する5組だからこそ祭典を勝ち進めると思ったから、かしらね」

大した意味もない様に呟くリリアーナの視線の先には……無用な被害が出ずにホッと息をつくセラが居た。

8

リリアーナとの模擬戦を難なく制し、セラと共に屋敷に戻って玄関に入るや否や、シヴァは深く溜息を吐《つ》きながらしゃがみ込む。

「…………っ？」

心配になってセラが顔を覗き込むが、顔色は悪くない。どうやら体調が悪いという訳ではなさそうだ。むしろその表情は安堵に近いものがある。

「……正直、今日は疲れた。気を使い過ぎて。……でも」

まるで感覚を確かめるように片手の拳をグッと握るシヴァ。

「今日は誰も殺さなかった」

「…………」

「4000年前も含めて、今まで十本指に入るくらい気を使ったよ。いつシャボン玉みたいに潰《つぶ》しちまうのか、内心ヒヤヒヤしてた」

でも何とかできた。そう言って再び深く息を吐いて俯《うつむ》くシヴァを見て、セラも今更ながらにホッとした。

シャボン玉というのは単なる比喩表現ではない。シヴァにとって現代の魔術師を殺さずに勝利するというのはシャボン玉を割らずに戦う事と同義である。そしてそれを割ってしまえばこれまでと同じく強い恐怖を植え付け、遠巻きから非難されることとなるだろう。それはシヴァは勿論《もちろん》、セラも望むところでは無い。

「…………っ」

今日はある意味記念日だ。戦闘用魔法を覚える事を主とする賢者学校における模擬戦で、シヴァが初めて穏便に決着をつけた記念。他の誰かなら当然のようにできて、シヴァには出来なかった手加減が初めて功を奏した日だ。

細やかながらに祝おうと思ったセラ。どうしようかと悩んだ末、簡単な事だがシヴァの好物ばかりを夕食に並べようと考える。

【シヴァさん、お魚。今日はお魚にします】

「魚？　マジで？」

シヴァはパッと表情を輝かせる。

魚の焚き火焼きだけは出来るというシヴァが昔から食べ馴染んできた魚介類の中で、特に甲殻類や貝類、白身魚や赤身魚。それが暮らし始めて知ったシヴァの好物である。なかなか獲《と》れないことからご馳走《ちそう》感覚で味わっていたそうだ。今でこそ漁猟技術や養殖技術の進歩によって市場に並ぶようになったが、４０００年前は海から大量に獲れる青魚が主流で、白身魚と赤身魚は王侯貴族の食べ物だったらしい。

【今から作り始めますから、お部屋で着替えて待っててほしいです】

「分かった。蔵書室で本でも読んでるから、出来たら呼んでくれ」

軽い足取りで階段まで行き、1度の跳躍で2階まで登るシヴァ。

(取っておいてよかった)

冷蔵庫の中にある貝数種類にかなり大きな白身魚を思い浮かべるセラ。食材費はシヴァの金からなので祝いの席の料理とするには不足気味だが、今晩は大盤振る舞いして全部使ってしまおう。

そう考えたセラは一度自室に戻る。シヴァに貸し与えられたこの部屋は私物がとにかく少ない。最低限の寝具や衣装棚。そして教科書やシヴァの蔵書室から借りた本を収める本棚しかない、年頃の娘らしくなく物欲が弱いセラらしい部屋。

そんな部屋の隅に置かれた本棚から一冊の本を取り出し、ページを開く。それはシヴァが何を思ったのか、恐らく克服して自分で作ろうとして買ってきた料理の本だった。

結局シヴァの破壊的な料理の腕前は本を見た程度でどうにかなるような類《たぐい》のものではなかったので、今は専《もっぱ》らセラが読んでいる。独学ながらにまともに家事をこなし、食事を作れるだけの才覚があったセラは見る見るうちにレパートリーを増やしていった。

(……アクアパッツァにしよう)

トマトやニンニク、バターなどと一緒に白身魚と数種類の貝類を水と白ワインで煮込む料理だ。本を見て初めて知ったのだが、簡素な料理な割には材料費が嵩《かさ》むので、長年罵詈雑言《ばりぞうごん》や暴力のみならず、残飯やボロ布の服ばかりを与えられるような虐待を受けてきた結果、根っからの貧乏性となったセラは公爵家出身でありながら食べたことはなかったのだが、こういう日くらいは奮発しようと思う。

「………っ」

両拳を握り、フンスと息を吐くと、セラは制服の上着を脱ぎ、白いシャツの袖を捲《めく》ってエプロンを着用する。小さな体で踏み台を台所に運び、足元まで届く長い髪を後ろで一纏めにすると、せっせと料理を開始した。

「………尊い」

そしてそんなセラの様子をこっそりと覗き見るシヴァ。魔導書のみならず、娯楽本も多く読破している彼は知っている……ああいう姿を学生妻という、一種の男のロマンであるということを。

本日く、見目麗《うるわ》しい女学生が自分の為に台所で料理をするその姿が尊いのだとか。最初見た時は訳も分からず、『何のこっちゃ』と思いもしたが、実際に学生をしている想い人が制服の上にエプロンを着用し、自分の為に手料理を振る舞おうとする姿は尊いと思わざるを得ないシヴァ。

……ちなみにその本のタイトルは、『教師と教え子のイケない関係』である。有体に言えば官能小説である。同棲《どうせい》している想い人とはいえ、恋人ではないので無暗に手を出せず、シヴァも男の子なので仕方がない。一応、その手の本数十冊はセラには気づかれないように自室のベッドの下に隠している。

（関係がバレたら不味《まず》いなら、ちゃんとヒロインが卒業してから付き合い始めればいいのにって現実的な感想挟んでゴメンよ、作者の人。学生妻……これは確かに素晴らしいものだ！　学生だからこその魅力って、あるんですね！）

小さな体故にチョコマカと台所を駆け回る姿も、どこかいじらしくて良い。シヴァは17歳にして、小説の主人公（35歳の中年）の気持ちが理解できた。

「…………？」

そんなシヴァの悶々《もんもん》とした気に気付いたのか、ふとシヴァの方を振り返ってその存在に気付いたセラは、テーブルの上に置いていたホワイトボードを持ってトテトテとシヴァに近づく。

【あの……料理はまだ時間が掛かるので、蔵書室で本を読んでた方が……】

「あ、はい」

気付かれた以上、何時までも調理風景をじっと見ているのは気が散るだろう。シヴァは素直に蔵書室に行って料理の完成を待ち望むことにした。

9

それからしばらくの時が経《た》った頃。

「……っ」

よしっ……と、セラは両手を胸の前で組み、後は盛り付けるだけとなった料理の入った鍋がくべられた調理用魔道具を切り、シヴァを呼びに蔵書室へ向かう。

味付けに凝ってしまい、少々時間が掛かってしまった。待ちくたびれているであろうシヴァを想像し、小走りで廊下を駆けて蔵書室に入ると、本棚と本棚の間に、横向きに寝転がりながら寝息を立てているシヴァの姿を見つける。

(本を読みながら……寝ちゃったのでしょうか?)

横に開きっぱなしになった本がある。今日は神経を使ったと言っていたから精神的に疲れたのだろう。料理は温め直せばいいとして、このまま少しの間寝かせておこうと思ったが、硬い床の上で眠るのは良くないとセラは考えた。

正直な話、シヴァは氷塊の上で眠っていても問題はないのだが、それを知らないセラはどうしようかと慌てふためく。そして何となくだが……かつては《滅びの賢者》と恐れられていた男とは思えない無防備な寝顔を見ている内に、セラはその頭をそっと撫《な》でていた。

（髪……相変わらず柔らかい）

ここ最近、落ち込むシヴァの頭を撫でてはさりげなくその感触を楽しんでいたのはセラの秘密だ。外見の印象よりも猫の毛のようにフワフワとした長めの赤茶髪を白く小さな手に絡める感触が、セラがこの屋敷に来てから好きになったものの1つである。

（顔も普段よりあどけなくて……喜んだり泣いたりしてる時みたいな普通の男の子って感じでも無くて、戦っている時みたいに凛々《りり》しくもなくて、子供みたいな寝顔）

余談だが、どうやらシヴァは世間一般的に顔の造形が整っている……所謂イケメンの部類らしい。それをどうこう思うことはないのだが、セラとて一般の感性の持ち主。美男子……それも、他でもないシヴァが無防備な姿を見せれば、少しだけ胸が早鐘を打つというもの。

「…………」

そしてこれも何となく……硬い床に擦《こす》れるシヴァの頭を見て、こうした方が良い……否《いな》、自分がこうしたいと思ったセラは、シヴァの頭をそっと持ち上げると、床に座った自身の太腿の上に優しく乗せた。所謂、膝枕である。

「～～～～～～～……！」

そこまでしておいて、セラは自分がかなり大胆な事をしてしまったのではないかと、真っ赤になった顔を両手で挟んで悶《もだ》える。

自分自身でも体を制御出来ず、思うが儘《まま》に行動してしまった結果である。本当なら枕でも持っ

てくれば済んだ話なのに、これまでに過ごしてきたシヴァとの時間や、実父や義姉によって悪魔の贄《にえ》にされそうになった時に助けてくれたことを思い出し、気が付けばこうしていたのだ。

（な、何で……？）

長年、悪魔や家族の呪縛に囚《とら》われていた、あらゆる意味で普通の少女として過ごせずに世間離れしていたセラは、自身の胸の内に湧き上がる感情や行動に名前を付けられず、ただ自分のした行動に顔を真っ赤に染めながら困惑する。

……そしてその一方。

（あばばばばばばばばばっ……！　な、何が起きてるのこれ!?　こ、こここここれはもしかしなくても、伝説のリア充イベントの1つである、好きな娘《こ》の膝枕という奴なのでは……!?）

シヴァはバッチリ起きていた。頭を撫でられた時点で覚醒していたのだが、寝起きで意識が朦《もう》朧《ろう》としている内に膝枕をされていたのだ。そして突然の展開に狼狽《うろた》え、ただ寝たふりを続行する事しかできずにいるのが現状である。

（な、なんてこった……！　めっちゃ良い匂いする！　細いのに柔らかい！　肌スベスベ！　こ、この膝枕は正式に彼氏彼女になった暁《あかつき》にしてもらおうと、数多くの恋愛小説を読破して予行演習真っ最中だったというのに……これは……！）

最早《もはや》シヴァの中では、《勇者》が振るった聖剣や《獣帝》が成し遂げた偉業以上の伝説と位置付けられたシチュエーションに狼狽える《滅びの賢者》。彼を倒すために必死になった４００

年前の英雄たちが、今の彼のだらしのない様子を見れば咽《むせ》び泣くことだろう。

（えっと……えっと……うぅ。そ、そろそろ起こした方が……でも、せっかく寝てるのに起こしたら可哀想《かわいそう》ですし……もう少しこのまま……いてほしいような……）

幼い外見に反して湧き上がる母性に似た感情と、このまま膝枕していたいという正体不明の欲求に挟まれて動けずにいる、シヴァの起床に気付かないセラ。

互いに顔を真っ赤にしながら狼狽えることしかできずにただ膝枕状態を続ける2人。結局2人が夕食にありつけたのは、月が高い位置まで昇った時である。

10

セラを縛る呪縛が解き放たれて久しい。シヴァもこれからは慌ただしい中でも平凡に暮らしていける……そう、思っていた。

「シルヴァーズの悪魔は倒されたのか……《滅びの賢者》に対する恐怖と概念によって生まれたとはいえ、所詮はまともな戦いもしたことのない悪魔。今の魔術師程度に倒される程度だったという事か」

「シヴァ・ブラフマン……か。ただの学生ではないことは確かなようだけれど……マーリスもエルザも使えないわね。悪魔までお膳立てしてやったのに、たった1人の魔術師……それも20年も生きていない若造に計画をご破算にされるなんて、やってられないわ」

「異界に閉じ込めることで外界からの干渉を妨げる効果を持つ、《冥府魔界《タルタロス》》を展開していたのも裏目に出てしまったな」

「……そうね。曲がりなりにも只人《ただびと》では倒せない最強種を倒したシヴァ・ブラフマンは、私たちにとってイレギュラーになり得る存在よ」

「いずれにせよ、2度にわたって邪魔されるわけにはいかない。《鍵》になり得る神族や悪魔が見繕えていない以上、あの娘は一旦放置で構わないが……次の手立てに移る必要がある。準備は？」

「マーリスたちが失敗した時点から始めて、もう終わらせているわ。不確定要素はあると言っても、ただ炎属性の極限特化適性を持っているだけの魔術師、シヴァ・ブラフマンではどうしようもないとっておきの準備を、ね」

「調整は？」

「抜かりないわ」

「ならば良いだろう。……明日はこの都市の最後であり、今度こそ消えない炎が世界を呑み込み始める時だ」

「えぇ…………全ては、天魔に至る為に」

平和が終わるその時は、刻一刻と迫っていたのだ。

11

「何これ？　これが教室？　あり得ないんだけど」

翌日。シヴァとセラが5組の教室に登校すると、風通しが良好過ぎる教室に立つリリアーナが信じられないと言わんばかりに立ち尽くしていた。

「教室が校舎外にあることもそうだけれど、まさか教室そのものが黒板以外何もない状態なんて思いもしなかったわ。大方、シヴァ君の仕業じゃないの？」

「…………」

【えっと……あの……】

ジトリと睨むリリアーナから全力で顔を背け、セラは両者の間に立って庇おうとしたのはいいが、言葉が出ずにアタフタしている。戸惑いの言葉が浮かんでは消えるホワイトボードを見る限り、どうフォローするべきか悩んでいるようだ。

実力主義を謳《うた》う賢者学校で、最も優遇される1組と対極に位置する5組は、様々な不自由が課せられる。仮教室すら与えられないのもその一環だ。5組がこの教室をどうにかしたければ、それこそ魔法でも何でも使って自分たちが自力でどうにかしろという事である。

これは単なる意地悪ではなく、生徒をあえて逆境に置き去りにすることで、魔法を始めとした生徒の能力を伸ばすという方針らしい。

「はぁ……まぁ、良いわ。済んだことを何時までも問い詰める趣味はないし、前向きにいきましょう。……では改めて、今日から貴方たちのクラスメイトになる、リリアーナ・ドラクルよ。これからよろしくね」

「お、おう。よろしく」

当然のような流れで差し出される握手を求める手に戸惑いながら、シヴァはそっとその手を握り返す。

「そちらの子もよろしく。えっと……名前は確か」

【……セラ・アブロジウス……です】

「そう……貴女が例の。セラさんと、呼んでも良いかしら？」

小さく頷くセラに先ほどと同じように手を差しだすリリアーナ。人見知りのセラは戸惑った反応を見せたが、躊躇いがちながらも、袖口から覗く小さな指でリリアーナの指を摑んだ。

「…………」

【……あ、あの……？】

「ちょっとちょっと。何やってるの？」

身長的に、大抵の相手には上目遣いになるセラの顔をジッと見た後、真顔のままセラの指と自らの指を絡め始めたリリアーナ。その時点で何か不穏な気配がしたのでシヴァが止めに入ると、ようやくセラの手を離したリリアーナがシヴァの肩を叩き、教室の端へと誘導した。

「ちょっとあの子、本当に同年代？　握手して上目遣いで見られただけで、かつて両親を引くほど困らせた妹が欲しい願望が再燃しかけたわ」

「何言ってんのお前？」

「いや、私も容姿を称賛されることは頻繁にあるけど、あの子の容姿や仕草は色んな意味で反則でしょ？　女の私から見ても自然と可愛《かわい》いと思えるし、まさか最初の挨拶の段階でこの私がここまで萌《も》えるだなんて」

「気持ちは死ぬほど理解できるけども」

リリアーナも負けず劣らず優れた美貌を持つが、セラの外見はそれだけではなく、庇護《ひご》欲《よく》や母性本能といった感情を刺激するものがあるのはシヴァが誰よりも知っている。それでいてセラ本人は献身的で包容力のある性格をしているというギャップ付きだと知ったらどうなってしまうのか……その結果はシヴァが常日頃体現していた。

「まぁ、ほぼ初対面の相手に弾けた反応をするのはここまでにして……そこの貴女」

【……グラントさん？　何時からそこに……？】

いつの間にか……というか、最初からいたグラントは天井部分を支える石柱の陰からリリアーナの様子を窺っている。そんな警戒心丸出しのグラントに臆することなくリリアーナが近づくと、グラントは威嚇するような唸《うな》り声をあげた。

「な、何だよ……わ、私がいるのに、も、文句でもあるのか？　こ、こんな変な眼で角まで生えた――――」

「初めましてね、グラント博士。貴女と、貴女が生み出した数々の魔道具にはアムルヘイド自治州の皆が助けられているわ。自治州を統括する大公家の者として、貴女のような天才と同じ教室で研鑽《けんさん》を積めることを光栄に思うわ」

「え……あ……うぅ……えぅ……」

「おお、グラントが何も言えずに黙り込んだぞ。結構ズバズバ物を言うタイプだと思ってたけど、褒められるのには弱いのか？」

「う、うるさい！　べ、別に褒められたって何とも思わない！」

「シヴァ君、茶化さない。何はともあれ、これからはクラスメイトとしてよろしくね」

「…………よ、よろしく」

　あの人嫌いなグラントにすら握手に応じさせる、滲み出る人望と爽やかさ。特異な容貌も気にしない大らかさ。それでいて人の心の内側に入っていくのが妙に上手いという、まさにシヴァが理想とするリア充像に限りなく近い存在だ。

　大公令嬢という、人の上に立つ家に生まれ育った賜物《たまもの》か。思い返せば、元のクラスメイトたちからも妙に慕われていた。これが本物のリア充かと、シヴァはあっという間にクラスに溶け込んだリリアーナに、羨望《せんぼう》混じりの対抗意識に燃える目を向ける。

「……どうやらお前は、俺の（リア充的な意味で）ライバルとなる宿命にあるようだな」

「あら、嬉しい事を言ってくれるわね。私も（魔術師としての）貴方のライバルになるつもりでこのクラスに飛び込んだのだから」

不敵に笑い合う2人だが、両者の間には決定的な認識の違いがあることに気付いていない。

「あの……ところでさ。魔導学徒祭典で優勝すれば、汚名返上できるとか言ってたけど……アレって本当？」

「そうよ。祭りとは言うけれど、あれは国が誇る次世代の軍事力を見せることで、将来的な国家間のパワーバランスと利権にまで影響を与える、いわば代理戦争だもの。アムルヘイド自治州からも賢者学校だけじゃなく、多くの魔法学院が出場するし、他の国も同じようなものよ」

それぞれの国が魔法を学ぶ学校を幾つも建てているのもその影響だ。数撃てば当たる戦法……自国の学校が1つでも優勝を飾れば、それだけで国益となる。

「破壊力だけ見れば恐ろしいだけの兵器も、国防という大義名分があれば頼もしく感じるでしょう？　過ぎた力は名誉や名分があって初めて大衆から認められるものなの。祭典の優勝……それも優勝に導いた立役者ともなれば国中から英雄視されるわ。今は生徒や教師たちから恐れられている貴方も、名誉を得ることが出来れば認められる可能性は十分にあるけど……やる気は出てきたかしら？」

「俺、祭典で優勝する！　他の学校の連中、皆殺しにしてやる！」

「苛烈なのはどうかと思うけどその意気よ！　一緒に頑張りましょう！」

光が灯《とも》っていない盲目的な瞳であっさりとリリアーナ側《ダークサイド》に堕ちたシヴァ。

「で、でもそれって私も出なきゃなのか……？　あ、あんな見世物に出るなんて嫌なんだが……」

【あの……それに出場には最低でも5人必要、ですよね？　私たち、4人しかいません】

「あぁ、その点は大丈夫。このクラスにはもう1人、全然学校に来ていないサボり魔が居るでしょう？」

シヴァたちは頷く。エリカが毎日捜しているが、何時も朝から晩まで遊び歩いているらしく、捕まらないらしい。

「実は彼、幼い頃から家同士の付き合いがある幼馴染《おさななじみ》なんだけど、彼が頻繁に出入りしている場所は目星がついているの。だから私が耳引っ張ってでも連れてくるわ。小父様《おじさま》にも矯正してくれと頼まれていることだし、いい加減サボり癖は正さないと。空間魔法や大公家の情報網を使ってでもね」

「つまり、これでもう5人揃ったも同然……！」

閉ざされたリア充への道筋に、光明が見えた。これで5組と共に魔導学徒祭典で優勝を飾れば、夢に思い描いた友達沢山のリア充になれる。その上でセラと恋人関係になることが出来れば完璧だ。

そんな未来を妄想していると、エリカがリリアーナの分の椅子と画板を持って教室に入ってきた。

「はーい、リリアーナさんも来てるみたいだし、早速朝の号令から――」

「エリカ先生！　俺たち魔導学徒祭典に出場することが決まりました！」

「始めえぇぇえええええええええ!?　ちょ、突然詰め寄ってこないで!?」

「お、おい！　わ、私はまだ出るとは言ってない！」

12

そして夕方。下校時間が過ぎ、黄昏《たそがれ》が学術都市を照らし始めた頃、学校帰りに商店街で買い物を済ませたシヴァとセラは並んで帰路についていた。

「グラントの説得に時間が掛かったな」

【……凄く嫌がってましたけど、最後は納得してくれたみたいです】

大勢の前に出たくないと嫌がるグラントを、シヴァが全力で駄々《だだ》を捏《こ》ねながら「髪でも血でも筋肉でも内臓でも骨でもサンプルにくれてやるし、何なら秘伝魔法の術式も見せるから協力して」と土下座しながら説得を試みたところ、彼女は渋々ながらも了承したのだ。

元々、奇異の目で見られることを除けば、グラントにとって魔導学徒祭典に出場するメリットもデメリットもない。そこで打倒シヴァに燃えるグラントが欲しがりそうな物を祭典出場を条件に提供することを持ち掛ければ……あとは言わなくとも分かるというものだろう。

「でも今更ながら、セラは出場でもよかったのか？」

セラはコクリと頷くが、本音を言えば少し……いや、かなり怖い。交流試合といえども、学校や国の威信も懸けた〝戦い〟だ。シヴァに幾つかの魔法を教えてもらい、エリカからも精霊としての力の使い方を教えてもらったが、自分よりも優れた魔術師など幾らでも居る。人数の関係で出場することになっても、こんな自分が役に立てるのか、その自信がない。

（……それでも、少しでも貴方に近づいて、同じものが見たい。同じものを見て。貴方の事をもっと知りたい）

シヴァの事をもっと知りたい。普段の生活の様子だけでなく、過去の事や未来の展望。そして絶大な力、それを手にするに至った経緯まで。何時から欲に駆られるようになったのか、最近のセラはシヴァの事に関しては知りたがりだ。

そしてそれは、シヴァの本領である戦い、その土俵に自らも上がることで、見つけられるのではないのか……そう思っていると、シヴァが突然地面に片膝をつき、手のひらを地面に当て始めた。

【シヴァさん？　どうかしましたか？】

「いや……地面の奥深くから魔力がせり上がってきてると思って……」

それも膨大かつ、広範囲に及んで。シヴァの魔力探知は集中していない状態……無意識化における平常時で半径約１００メートル。魔法による攻撃ならどのような不意打ちを受けても対応できる範囲だ。

その状態だけでは地面からせり上がってくる魔力がどれほどの範囲に及んでいるのか、全貌を摑めない。嫌な予感がしたシヴァは、探知範囲を大陸全土すらも覆いつくす最大限まで広げてみると――――

「学術都市の200～300メートル地中に、学術都市を収めるほど広い魔法陣？」

只人の手が届かない遥か地下。強固な地層にトンネルを掘ることで描かれた超巨大な魔法陣。それに魔力が流されている。つまり地面の奥からせり上がってくる魔力の正体は、学術都市全体に影響を及ぼす何らかの魔法であるということ。その効果が地上で発揮される直前、その事に気が付いたシヴァは、悪魔の権能魔法すらも阻《はば》む炎の衣をセラに纏わせた。

「ぐっ!?」

その瞬間、シヴァたちの隣を横切った通行人が、短い呻《うめ》き声と共に倒れた。それだけではなく、遊び疲れて帰路につく子供たちも、建物の中で仕事をしていた事務員も、賢者学校に所属する賢者たちも、1年5組の担任教師やクラスメイト、果ては路地裏の野良猫や虫1匹に至るまで。

シヴァとセラを除く、学術都市に存在する全ての生物たちが、外傷も無く一瞬の内に絶命した。

第三章

《滅びの賢者》と恐れられた最強の村人は、《灰の霊鳥》となら国を救えるらしい

1

学術都市で異変が発生した直後、巨大な魔法陣が描かれた某所では2人の男女が居あわせていた。

「順調か？」

「当然。シルヴァーズの悪魔やマーリスたちが失敗したせいでとんだ手間を掛けさせられたけど、魔法陣の調整にも成功していたし……ただ、あまりそうなってほしくなかった想定が現実になったようね」

「シヴァ・ブラフマンか」

「えぇ。一体どんな魔法を使ったのか分からないけれど、弾《はじ》かれてしまったわ。単なる炎属性でどうにかできる類《たぐい》の魔法ではないのだけれど……やはり彼は」

「……いずれにせよ、やることは変わらない。もしも奴《やつ》がここにやってくるようなことがあれば……分かっているな」

「勿論《もちろん》。簡単に見つかるとは思えない上に保険はあるし……たとえそれが無くても負ける気がしないわ」

魔法行使の光を放つ陣の上に立つ女は、ぞっとするほどに妖しい笑みを湛《たた》える。

「義理として、仇討《かたきう》ちくらいはしてあげないとね」

「……心にもないことを」

「心外ね。そんなことは無いわよ」

「これでも私、一応は人類の善性から生まれた存在だもの」

2

「《灯台目《ローゲル》》」

1つ1つが発動者と視覚情報を共有する炎の眼球を無数に生み出しながら、地面に手のひらを当て、更に地中深くに魔力探知の範囲を広げていくシヴァの傍らで、セラは辺りを見回す。

一体何が起こっているのか、セラにはまるで理解が出来なかった。先ほどまで元気に歩いていた人々のみならず、犬猫の1匹に至るまでもが突然意識を失ったかのように倒れたのだ。何か尋常ではないことが起こったとしか思えない。

「…………っ」

セラは恐る恐る、道端に倒れる、5歳ほどの少女の脇に両膝をつき、揺すり起こせるのではないかと手を伸ばす。しかしその指先が体に触れる直前に気付いた。

(息を……していない……!?)

眠っているのではない。倒れた生物は皆、睡眠時でも続けているはずの生体活動……呼吸をしていないのだ。胸に手を当ててみれば疑念は確信に変わる。少女の心臓は、紛れもなく鼓動を止めていた。十中八九、他に倒れている者たちも同じ状態だろう。

【あの……シヴァさんっ。これって……!?】

「……やられたな」

死体で溢《あふ》れる死の都。そう形容するに相応《ふさわ》しいありさまとなった学術都市で、唯一状況を理解しているらしいシヴァは、片手に不死鳥を象《かたど》る炎……蘇生《そせい》魔法《生炎蘇鳥《フェニクス》》を灯《とも》しながら、都市中に散開した炎の眼球を消し、苦渋の表情と共に立ち上がる。

「どこの誰の仕業かまでは分からないけど……どうやら地中奥深くに学術都市をすっぽり収めるほど広大な魔法陣が掘られているみたいだ」

モグラみたいな奴だ……そう吐き捨てるシヴァ。魔法陣に流れる魔力の動きでどのような術式で、どのような結果をもたらす魔法が発動されたのかを理解したのだ。

これほど大掛かりな魔法陣を地中に用意するにはそれなりの日数と、魔法陣を描いた者の魔術師としての力量が必要になる。それをシヴァに一切気付かれることなく用意したということは、シヴァが学術都市に来る前には既に存在していたのか……はたまた、シヴァの眼を掻《か》い潜《くぐ》って用意したのか……いずれにせよ、只者ではない。

「名前までは知らないけど、この魔法の正体は分かっている。ていうか、子供の頃に見たことがある」

これは魔法陣の上に立つ全ての生物の霊魂を魔力に変換……すなわち、生贄《いけにえ》にして魔法を発動した者の魔力に変換する、4000年前でも禁術と呼ばれる類の魔法。そして――

「一度話したことがあるだろ。俺に呪いをかけた魔術師が、俺の生まれ故郷の村に使おうとしていた換魂《かんこん》魔法だ」

もちろん、範囲が範囲だけにそっくりそのままという訳ではないが、件《くだん》の魔法陣が大本になっているのは間違いないだろう。使われている術式やルーン文字も現代では殆《ほと》ど残っていないと言われる、4000年前のものばかり。今の世に出れば完全に古代魔法だの失われた魔法《ロスト・ミスティック》だの騒がれる代物だ。

《滅びの賢者》と世界中から敵視され、恐れられた存在を生み出した全ての始まり。その魔術師が作り出したという魔法。あまりにも懐かしく、忌々しい過去の産物だ。シヴァの内心が業火《ごうか》のように荒れ狂いそうになるのも無理はない。

【あの……それって、例の魔術師が実は生きていて……シヴァさんみたいにこの時代にきた……とか……?】

自分で考えておきながら突拍子もないことであるという自覚はある。しかし4000年前の基準が現代の基準と大きくかけ離れていることを知っているセラは、あまりにも強大な魔術師が敵として現れたのではないか……そんな不安がどうしても拭えなかった。

「……そこまでは分からない。ただ確かなのは、この学術都市の生き残りは俺とセラの2人だけ。あとは皆死《みんな》んでいる。……そして」

これまであらゆる死者を蘇生させてきた炎の鳥が……その力を振るうことなく消える。

「俺の力じゃ、誰1人として蘇生できないってことだ」

「…………っ？」

言っている意味が分からなかった。シヴァはこれまで、全身が欠片《かけら》も残さず焼失した相手だろうと問題なく蘇生させてきたというのに、外傷の1つもなく倒れている死者たちはどうして救えないのか、セラは困惑の視線で訴えかける。

【……どうして……ですか……？】

「……実際に見てもらった方が早いな」

そういうとシヴァはセラの右目の前に小さな魔法陣を描き、魔力を流す。

「《霊視眼《プシュケーズ》》」

その瞬間、セラの視界は一変した。倒れる死者たちの真上に、同じような体勢で浮かぶ白い影のようなものが見えるようになったのだ。その白い影は光の粒子となって徐々に削られながら、地面に吸い込まれていく。

「霊視の魔法……つまり、生物の魂を見る魔法だ。今死体の上に浮かんでいるのは、肉体から引き剝《は》がされた死人の魂そのものなんだよ。つまり幽体離脱が皆の死因だ」

魔術師の観点から唱えれば、魂とは肉体と重なるように存在する、肉体を動かすためのもの。脳や自律神経といった、生体活動を行うための根本を動かす霊的エネルギーだ。その魂が肉体から離れれば、それは当然死を意味する。

「そして見ろよ。魂ってのは肉体から離れれば日数をかけて分解されていき、天に昇っていくんだが……この魔術で引き剝がされた魂は、急速に分解されて地中に吸い込まれている。……それは蘇生魔法に絶対必要な、魂が持つ肉体情報も削られてしまっているってことだ」

魔術師個々人の適性属性によって術式は異なるが、蘇生魔法には大抵、魂が持つ肉体情報が必要不可欠となる。

この肉体情報というのは、受胎から出産、加齢によって常に更新されていく、魂に刻まれた肉体の設計図であり、蘇生魔法というのはその設計図を基に肉体を再構築するという原理だ。

だからシヴァも蘇生は極力後回しにすることなくその場で行っている。蘇生魔法は時間との闘い……肉体を失った魂が時間経過によって分解される前に蘇生を行わなければ、蘇生が出来なくなってしまうから。

「そして……炎という魔術属性では、何をどう足掻《あが》いても魂に直接関与する方法は、焼失させる以外存在しない。削られた魂を元に戻し、蘇生魔法を成功させることはできないってことだ」

シヴァが明確な敵対者以外に魔導書、《火焔式・源理滅却《アヴェスター》》を使わないのはこれが最大の理由だ。この世全ての根源を焼失させる蒼《あお》い閃熱《せんねつ》は、本来非物質である魂すらも例外なく焼き尽くし、無に帰す。

人類の力では倒せないという一種の不死性を持つ神族や悪魔を殺すためだけではなく、蘇生魔法が当然のように酷使されていた4000年前において、生かしておいては厄介極まりない敵に止《とど》めを刺す手段でもあったのだ。

空間魔法使いのリリアーナに決して使おうとしなかったのも道理だろう。自分の不始末を解決するために使ってきた蘇生魔法も意味をなさないのだから。

結論、魂が削られてしまった死者を救うことは出来ない。それがシヴァの……炎属性という魔法の限界だ。

「蘇生防止の為《ため》に肉体から分離させた魂の分解速度を速める術式……嫌らしい手口を使ってきやがる。破壊ばかりを突き詰めてきたツケがこんなところで回ってくるとはな」

【そんな……】

苦渋に満ちながらも何とか絶望しまいと、苦い笑みを無理矢理《むりやり》浮かべるシヴァを見て、セラも目の前が真っ暗になりそうになる。

かつてシヴァは言っていた。自分は何でもできる魔術師どころか、むしろ出来ないことの方が多い魔術師であると。言われた時はいまいち理解できなかったが、彼やエリカから短い期間ながらも魔術について教えられた今なら分かる。

自らが生き残るために、敵を破壊することと自らの保身を主眼に置いて磨かれてきたシヴァの魔法は、他者を救うことには不向きなのだ。

適性属性以外の魔法の調整も。手加減が出来ない魔力放出も。本当に何でもできる魔術師ならば、そんなことで苦労したりもしないだろう。

これまでセラは様々な恩恵をシヴァの魔法によって与えられてきたが、それは彼に出来る範囲内で行われるものに過ぎなかった。シヴァは最強の魔術師であっても、万能の魔術師ではないのだ。

（エリカ先生……リリアーナさんに、グラントさん……）

セラはシヴァ以外に初めて出来た、自分と普通に接してくれる5組の面々の顔を思い浮かべる。

学術都市の住民が全員死んだということは、彼女たちも間違いなくその中に入っているのだろう。

出会ってから日が浅く、関わりも学校以外にない3人だが、これからだったのだ。これからシヴァが求め続け、出だしで失敗し、クラスの再編を経てようやく見つけた、シヴァを恐れずに近付いてくる彼女たちとの学校生活は。

苦渋が混じった、シヴァの歪《いびつ》な笑みは見ているだけで痛々しい。世界を滅ぼす力はあっても、たった1つの都市を……そこに住まうクラスメイトたちを救う力はなかった。真の意味での無念とはこのことだろう。そして悔しくて、悲しいのはセラも同じ。

（こんな事って……！）

これまでセラにとって、シヴァ以外の学校関係者というのは自分に害をなす存在だった。侮蔑の視線を向けながらストレス解消の暴言を吐き散らす教員に、暴力と嫌がらせの矛先を当然の権利とばかりに向けてくるクラスメイト。

そんな学校という閉鎖社会の縮図が生んだ生き地獄にいたセラにとって、シヴァを始めとする5組はかつて夢見た〝普通〟のクラスなのだ。

魔法の事が覚束《おぼつか》ないセラに、初めて親身になりながら優しく教えてくれたエリカ。慣れない人物が怖くて思わずシヴァの背中に隠れてしまった自分の態度を気にした様子もなく、手を握ってくれたリリアーナ。文句を言いながらも一緒に煤《すす》だらけの薬学実験室を掃除してくれたグラント。

何の確執もない彼女たちと過ごし、これから皆の事を知っていけると思ったばかりだったのに……もしかしたら、仲良くなれるのではないかと考えていたのに、どこの誰かも分からない魔術師に、そんな未来を理不尽に奪われた。

「……それでも、何とかできる可能性はある」

自分の無力さに悲観しそうになったセラは、突然呟《つぶや》かれたシヴァの言葉に顔を上げる。そこでは変わらず難しい顔をしながらも、決意を固めたシヴァがセラの目を真っすぐ見据えていた。

「確かにこの状況は俺にはどうにもできない。でも、そんなにすぐ魂が完全分解される訳じゃない。恐らく、0時頃までかかるだろう。時間との勝負になるし、成功確率は正直に言って低いと思う」

シヴァが握手を求めるようにセラに差し出した右腕に、視認できるほどの膨大な魔力が宿る。

「蘇生魔法を使っても覆せないこの状況をひっくり返せる微《かす》かな望み。鍵を握るのはセラ、お前の灰魔法だけだ」

セラは思わず固まった。幾万人にも及ぶ学術都市の住民全てを救う微かな希望、その鍵を握るのが魔法を習い始めたばかりの素人である自分であると言われれば、誰でもそうなるだろう。何しろ個人で行うスケールの話ではない。救えない場合の計り知れない責任は全て自分に圧《の》し掛かるのだ。

「俺がお前に魔法を教えた時、攻撃向きの魔法が苦手なセラには手始めに蘇生魔法を教えただろ？」

セラは頷《うなず》く。一番初めに教えられるのが蘇生魔法と聞いた時の衝撃は今でも忘れられない。初心者に教える魔法じゃないと感じたし、いきなり現代では再現不可能と呼ばれる高難度魔法の習得など無理だと思っていたが、『魔法陣という回路さえあれば、それに魔力を流せば適性属性次第で正常に発動できる』という魔法の法則もあって、内容の全ては理解しないまでも、セラはシヴァが考案した〝灰属性による蘇生の魔法陣〟の描き方を暗記するに至ったのだ。

実際に使ったことはないが、作動確認は既に終えている。あとは本番で問題なく使えるか否か……それを試すだけなのだが。

【で、でも……もう街の人たちは蘇生魔法じゃ……】

「そうだ。蘇生魔法に必要な魂が持つ情報の分解が進んでしまった以上、セラに教えた蘇生魔法でも意味はない。……だが、俺が最初に魔法を教える前に言ったこと、覚えてるか？」

セラは記憶を思い返す。あの時は確か、シヴァが戦った４０００年前の基準でも高等術式と呼ばれる魔法陣を教えると、そう言われたのだ。

それを聞かされていた彼女は、先日に暗記習得した蘇生魔法の魔法陣こそが、シヴァが言うところの高等術式魔法陣だと思っていたのだが、彼の言い回しにそれは勘違いであると気付かされた。

今でこそ御伽噺《おとぎばなし》の中だけの魔法だと騒がれる蘇生魔法だが、４０００年前では頻繁に使われていた魔法だ。確かに簡単な魔法ではないが、この蘇生魔法そのものを高等術式であるとは一言も言われていない。

「俺が教えるつもりでいた高等術式に必要になる蘇生魔法の知識を先に教えただけ。だから詳しい原理は省いてとにかく暗記に集中させたんだ。本当なら次の休みにでもその続きを教えるつもりだったんだけど……それを今習得し、タイムリミットまでに成功させる。それ以外に皆を助ける手段はない。蘇生させる人数が人数だから、その分は俺が魔力を譲渡することでカバーする」

教えられた蘇生魔法……その更に先に位置する魔法とその術式。それこそがシヴァがセラに伝えようとしたものの正体だった。

「……っ」

セラは思わず後退《あとずさ》る。何とか覚えた蘇生魔法の魔法陣だが、その内容はまさに複雑怪奇。無数に見えるルーン文字と紋章の配列を頭に詰め込むだけでも精一杯だったのに、そこから更に困難とされる術式を覚え、それを正常に発動させられるのか。

「怖いか？」

「…………」

そんな不安を汲《く》み取るかのようなシヴァの声に、セラは頷くことこそしなかったが、制服の胸元を強く握りしめて不安を露《あらわ》にする。

こんな弱気ではいけないということは、セラ自身もよく理解している。もはや誰にも頼ることは出来ず、自分以外に大勢の人々を救うことはできない。ならばもう弱気にならずにやるしかない……それは分かっているのだが、どうしても震えが止まらないのだ。

失敗してしまえば、それは学術都市に住まう幾万人の、完全なる死に直結する。与えられた責任の重さに視野が狭まり、思考は滞り、やがては呼吸すらも止まってしまいそうになったその時……パァンッ!!　と、都市全体に広がる柏手《かしわで》の音が1度だけ鳴り響いた。

「っ!?　!?　っっ!?」

本気でやれば周囲の者の鼓膜は漏れなく引き裂かれ、軽くやっても遥《はる》か遠くまで鮮烈な音を届ける、《滅びの賢者》の柏手である。そんな軽く叩かれた柏手を至近距離で聞いたセラは心臓が飛び出るほどに驚いて、何が起こったのか分からないといった表情でシヴァを見つめ返す。

「……昔、俺も初めて魔法を使う時は手が震えるくらいに緊張してな。その時偶然、皿が割れる音が聞こえてビックリして……気が付いたら緊張がどっかいってたんだよ。どうだ？　緊張もふっ飛んだろ？」

外的ショックによる緊張の解《ほぐ》れ。今でも耳の奥に残る炸裂音《さくれつ》は、闇に纏《まと》わりつかれたかのように狭まっていた視野と思考を晴らし、バクバクと鳴り続ける心臓は、手の震えを収めていた。

「確かにこれから教える魔法は実例のない机上の空論だ。俺も灰なんて言う専門外の属性の魔法だから確かなことは言えないし、教えるつもりで考えていた魔法陣は実践と失敗を繰り返して完成に持っていこうと想定していたから、その分初回での成功率は低いと思っている。そこは誤魔《ごま》化《か》しても仕方ない。……けどな、何か勘違いしてるかもしれないけれど、忘れるなよ。皆を蘇《よみがえ》らせる魔法を構築し、発動するのはセラだけど、その術式を教えるのは俺なんだ」

魔法知識の浅い者に頼む以上、術式を立案し、それを伝えた者が一切の責任を負わないなど虫の良い話はない。シヴァの右手に宿る魔力は魔法発動のエネルギーとしてセラに譲渡する、同じ責を負う覚悟そのもの。シヴァもまた、セラと同じものを負ったつもりだ。

「もう俺たちは1人じゃない。たとえ失敗して世界中の奴がセラに文句言ってきても、俺も一緒に皆の墓の前で謝るさ」

あとはやるか、やらないかだ。そう言って再び魔力が漲《みなぎ》る右手を差し出してくるシヴァの顔を見上げて、セラは先ほどとは違う意味で制服の胸元を握る。

シヴァにだって不安は大いにある。それでも、何もしなければ残されるのは絶望だけであるということを彼は良く知っているのだ。

そしてシヴァはセラに全てを懸けた。その信頼に応えられないどころか、応えようともしなければ、シヴァの側にいる資格はない。セラは小さく頼りない白い手で、シヴァの大きな手を握り返した。

【……やります……！】

手を介してシヴァの魔力が全身を巡る。まるで極寒の凍て空の下であたる焚《た》き火のような安心感が、震える手に感覚と力を取り戻した。

「上等！　どこの誰の仕業か知らないが、こんな舐《な》めた真似しやがった奴の鼻、いっちょ明かしてやろうぜっ！」

【はい……っ！　私も鼻を明かす……です！】

シヴァも言っていた。もう自分たちは1人じゃない……と。若気の至り、青春の勢いもなんのその。無謀だろうが何だろうが、1人では挫《くじ》ける不可能にだって飛び込んでいけると、普段後ろ向きなセラも勢いに身と心を任せる。

「推定タイムリミットは午前0時、それまでが勝負だ。今すぐ屋敷に戻って蘇生魔法の上位互換……復活魔法の術式を頭に叩き込んでもらうぞ！」

「…………っ！」

セラは力強く頷くと、シヴァは彼女の体を片腕で抱き上げ、爆炎を推進力として共に屋敷まで跳んでいく。

様々な国の、様々な種族の者が集まるこの学術都市。大公グローニア・ドラクルも死亡した今、事を放置すればアムルヘイド自治州は諸国から強い非難を受け、存亡の危機に瀕《ひん》することだろう。

そんな亡国の危機にあっても、世界中の誰もがこの事実に気付いていないが、それもまた時間の問題。

一国の命運と、死した幾万人の魂の行方は、賢者学校史上最悪の問題児と、賢者学校史上1番の元いじめられっ子の手に委ねられた。

3

永い時を過ごしてきた。

それは人類の黎明期《れいめいき》……彼らが獣から二足歩行に進化し、叡智《えいち》を身につけ、信仰を得たその時から人類の上に君臨しながらも、人類の下に敷かれ続けた、超越者としての悠久の時。

そんな歴史の中、神々が最も人類に近しい存在であった時代に生まれたその者は、他ならぬ神によって生み出された存在であった。

人類総体の思想や概念が自然界の魔力と混ざり、凝《こご》り、実体化し、受肉した存在が神族の正体。肉体がある以上、神族は同族や成り立ちが非常に似た敵対種である悪魔との間には出来ないが、他種族との間なら子を生《な》すことができる。実際に当時は多くの娘たちが神に捧《ささ》げられ、人類の基本スペックを大幅に上回る半神半人を生み出してきた。

そんな古《いにしえ》の出来事からか、いつの間にか、〝神の子〟という一種の信仰対象が世界各地で生まれ、人類が発する〝神の子に奇跡を縋《すが》る〟という概念は肉体を得るようになり、母胎から生まれることなく、神の子という新たな神族が発生するようになった。

『産んだ記憶もなければ産ませた記憶もないな』

だが、考えてもみてほしい。例えば幅広い信仰を集める海の神が居たとしよう。得た信仰の果て信者たちが想像の中にだけ存在していた海神の子供が、何時《いつ》しか信仰の対象となり、肉の体を得るようになるのだ。海神自身が産ませた覚えもなければ、産んだ覚えもないというのに。

当然、神に子を持ったという自覚はない。関心が無ければまだ良い方……中には、元となった神よりも強い力を秘めた存在という逸話と概念を持って生まれたがゆえに、嫉妬した親神《おやがみ》に消滅させられてしまう神の子も少なくはなかったのだ。

『お前がどうしようが勝手にすればいい。だが、我が神威を曇らせることはしてくれるな』

太陽神ラーファルコは、信者たちの勝手な想像を元に生まれた子に無感情な瞳でそう告げた。

太陽信仰は大地信仰と並ぶほどの強大な信仰を古から現代に至るまで集めており、その力は神々の中でも折り紙付き。土着信仰から生まれた太陽神ですらも、並みの神族では太刀打ちできない程だが、そんな太陽神群の中でも史上最も強大な力を得たのがラーファルコである。

遥か彼方《かなた》の宙《そら》に浮かび、遍く恵みの光を地上に齎《もたら》す至高の存在である太陽。その太陽そのものであると、当時の最大宗教の力によって全人類の過半数に認められて生まれたラーファルコの力は、数多くの神族が存在していた古代においても3本の指に入るほどだった。

そんなラーファルコも、産ませた覚えのない子供には無関心。だが子の方はそうではなかったのだ。

確かに自分は、偉大なるラーファルコが娶《めと》った女に産ませた子ではない。しかしその身は〝ラーファルコの力を正当に受け継ぐ者〟という概念によって生まれた神族。いずれ偉大な父すら超え、至高の太陽神としての座を奪って見せると野心に燃えていた。

神族や悪魔の初期能力は誕生を促した信仰や概念によって違うが、一度誕生してしまえば、後は人間のように鍛え方次第で弱くも強くもなれる。修練と戦いの果てに、いずれは父の力を奪ってやろう……そうすればあの不遜な父神《ふしん》も自分の力を認めざるを得ない。

『バカな……！　父が……偉大なる太陽神、ラーファルコが倒されるなど……！』

だがある日突然、ラーファルコを超えるだけの力を手にするより前に、誰にも倒せないと思っていた父が殺されてしまったのだ。

信じられない……そんな感情が胸中を占める。最強の太陽神、ひいては世界最強の存在であり、超えることを目標としていた父が滅ぼされたのだから、受けた衝撃は計り知れない。

『許さない……決して、許しはしない……！』

目標の喪失によるものなのか、はたまた愛されなくとも父娘《おやこ》の情によるものなのか、それは当の本人にも分からなかったが、太陽神の子は確かに復讐《ふくしゅう》を誓い、ラーファルコを滅ぼした存在をこの手で討ち取り、父を超えたという証《あかし》を立てようとした。

だが結局その願いは叶《かな》うことは今日までなかった。仇《かたき》の相手には幾度となく挑みはしたが、結局一矢報いることすらも出来ないどころか、自分と同様に挑んだ神々ごと塵芥《ちりあくた》のように吹き飛ばされるだけで終わってしまった。

『こんな……神の力すらも及ばない……絶対的な力が……』

太陽神の子は、その心を折られてしまったのだ。超えると目標にしていた父の力すらも及ばない、圧倒的な格の違いに向上心と野心は纏《まと》めて挫け、無気力なまま無為に時を過ごし……何時の間にか人類を戦火に包んだ大戦すら終わって幾星霜の時が流れた。

その間に、色々とあった。

結果的に再び立ち上がった神の子は、目的の成就の為に活動をしていく内に、神族が住む世界である天界だけでなく、人の世にも活動範囲を広げなくてはならなくなったのだが、ここで問題が1つ発生する。

神族や悪魔が人の世でまともに活動するには、高魔力を保持する人類が神族に肉体を差し出す……ありていに言えば、生贄《いけにえ》にしなければならないのだが、基準を満たすほどの高魔力保持者は中々居ないし、生贄にするにしても生贄本人に同意させなければならない。

それこそ、暗示の魔法や幼い頃から反抗心を圧し折らせるような教育を施さない限り、生贄など用意できないだろう。どうしたものかと悩んでいたその時、身分違いの恋と嫉妬に苦しむ1人の女を見つけた。

『私の方が先に彼を愛していたのに……！　どうして平民だからといって彼と結ばれてはならないの!?　どうして彼を他国の女にくれてやらなければならないの!?』

どこにでもいるような普通の女。愛と嫉妬に苦しむ、人間らしい醜さを発露した、偶然にも高い魔力を持って生まれた女。神の子は内心で狂喜乱舞し、神託と銘を打って女の思考を誘導、納得のいく願いを叶えつつ自らの生贄になるように仕向けた。

『……あの女よりも先に、彼の子を産ませて。そしていつか彼の妻の座に収まり、憎いあの女の子供を、彼と私、娘とで永遠の苦しみを与えてやるのよ……！』

その為なら、体も魂もくれてやっても構わない。血の涙を流しながら吠《ほ》える女の願いを叶える……そんな契約を立てて、太陽神の子は誰の目に留まることなく、人の世に降臨した。

4

満月が地上を淡く照らす、午後9時。シヴァとセラは屋敷を出た。

「それじゃあ、手筈通りに頼む」

【はい……あの、気を付けて、ください】

「あぁ。セラもな」

ホワイトボードと一冊のノートを抱きしめるように持って走り去るセラの後ろ姿を眺めながら、シヴァは地面に手をつき、地下にトンネルのように掘られた魔法陣、それに流れる魔力の流れを読み取る。

今、この学術都市で行われている換魂の魔法は、魔法陣の上に居る全生物の肉体から霊魂を引き剝がし、それを魔力に変換して魔法の発動者に吸収させる……つまり、術者の最大魔力量を増大させる魔法だ。

魔術師でもない一般人の霊魂1つとってみても、その魔力は莫大《ばくだい》だ。その量はそこらの魔術師が引き出せる魔力量を遥かに上回るだろう。それを学術都市のほぼ全人口分を術者1人に集める……火力だけなら神族や悪魔を纏めて複数相手にしてもお釣りがくる。

「さぁて……術者は一体どこに居るのやら」

この手の魔法を使うにあたって注意するべき点がある。〝魔法陣の上に居る全生物の霊魂を肉体から引き剝がし、それを魔力に変換する〟という特性上、術者は魔法陣の上から離れ、魂から変換された魔力を吸収する別の魔法陣の上に立つ必要があるということだ。

魔法の中には、複数の魔法陣を構築して初めて成立する類の魔法が多々ある。つまりこの魔法も同じ……地下に掘られた巨大な魔法陣と繋がる、魔力を吸収するための魔法陣がどこかにあるのだ。

「見つけた」

そしてそれは、大陸全土に魔力探知の網を張れるシヴァならば容易《たやす》く発見することができる。地下の魔法陣の外側から3本ほど、魔力が一直線に流れるトンネルの存在を魔力の流れから探知したのだ。

魔力経路と呼ばれる、複数の魔法陣を併用する魔法を使用する際に用いられる、魔法陣構築の為の術式の1つである。それを3つに分けて繋げたのは、それだけ吸収する魔力量が多いということだ。

魂から変換された膨大な魔力が流れる3つのトンネルを辿《たど》った先に術者がいる……それを確信したシヴァは軽く跳躍。学術都市を囲む外壁の更に上まで昇ると同時に、大気圏内に太陽を思わせる超巨大な火球を生み出した。

「《灯火光駆《シャースラム》》」

星という巨大な影に隠れた大地が、真昼のように明るく照らされる。学術都市外の全ての人里が、夜が突然昼に変わるという異常現象に大騒ぎする中、全身を光子化し、光の速さで魔力が流れ着く先へと辿り着いたシヴァは、太陽光に匹敵する光を放出する火球を消して昼を夜に戻し、辺りを見回した。

「あれは……貴族の別荘か？」

そこは大陸の端、海が見える丘に建てられた豪華な屋敷。だが貴族の本邸というには質素だ。元々は貴族の別荘だった、シヴァとセラが住む屋敷に似た雰囲気がある。

「学術都市皆の魂が変換された魔力は、どうやらあの屋敷の地下に掘られた魔法陣に集まり、その上に立つ術者に吸収されてるみたいだな」

目立つことを恐れたのか、学術都市から随分と離れた位置で吸収が行われている。そう感じると同時に、シヴァは今回の下手人《げしゅにん》が、この時代の魔術師の規格を遥かに上回る存在……4000年前でも名の通った力の持ち主であると悟った。

（学術都市全てを収めるほどの巨大魔法陣を地下に掘るだけじゃなく、こんな長距離に及ぶトンネルを3つも掘るような奴だしな）

その事実だけでも術者の実力の高さが窺《うかが》える。魔力の探知範囲が狭い者ばかりとはいえ、現代の魔術師の誰にも気取られることなく、大掛かりな準備を進めた隠密性《おんみっせい》も同様だ。

「君、そんなところで何をしている？」

そんな時、シヴァは庭師やメイド、料理人といった複数の使用人を引き連れた執事と思われる、燕尾服《えんびふく》を着た中年の男に話しかけられた。開け放たれた扉を見る限り、どうやら屋敷に仕える人物であるらしい。

「いや、俺はちょっと用があってこの辺りまで来たんですけど……そっちこそ、こんな夜中に雁首《がんくび》揃えて何を？」

「……君も外にいたなら分かると思うが、急に夜が昼になって驚いてね。思わず皆で外に出てしまった」

シヴァの魔法によるものだ。別に害をなす魔法ではないので大したことはないと思っていたのだが、もしかしたら（事実としてもしかしなくても）大勢の人を騒がせたかもしれないと、シヴァは内心で冷や汗を掻く。

「いやぁ……ホント何だったんでしょうね、あれ。でも今は何ともないみたいですし、俺はこの辺で」

「あぁ……道中気を付けて」

シヴァが屋敷に背中を向けた瞬間……1秒と間を置かずに、何かが背中に当たる感触が伝わり

「ぎゃあああああああああああああああああああっ!?」

まるで光を束ねて形にしたような剣でシヴァの背中を貫こうとした執事が、全身火達磨《ひだるま》になっ

てのた打ち回った。

「貴様っ!! 只者ではないと思ったがやはり敵だったか!?」

「主《あるじ》が仰っていたイレギュラー……そうか、貴様がシヴァ・ブラフマン!!」

そんな執事を見て恐怖するどころか即座に戦闘態勢に移行し、背中から純白に輝く翼を生やしながら各々《おのおの》光の武具を携えるメイド、料理人、庭師といった使用人たち。放出される魔力量も尋常ではなく、明らかに人外のそれでありながら、どこか神々《こうごう》しい。

「やぁっと正体を現したな、天使ども。ということは、その屋敷の中に居るのはお前らが仕える神族だな？」

天使とは、神族の僕《しもべ》となる代わりに力を得た者の総称。悪魔との契約に基づき力を得た代わりに、最後には悪魔の魔力によって醜悪な魔物となり、契約した悪魔に従うだけの存在、眷属《けんぞく》とは対極に位置する存在だ。

その姿は宗教に登場する神の御使《みつか》いと酷似しており、理性を失う眷属と違って明確な自意識を持っている。

「さて……そっちから攻撃してきた以上、俺には正当防衛として邪魔なお前らを排除する権利が与えられたと思うんだけど、どう思う？」

「ほざくな、弱く哀れな人の子よ」

先ほどまで火達磨になっていた執事が、火傷《やけど》1つ残さずに立ち上がった。天使や眷属は、主である神族や悪魔と同様に〝人類の力では倒せない〟という概念的な不死性を持つ。それによる守護だろう。

「私を燃やしたのは褒められるが、天使たる我らを人の子の力では倒せな――――」

「そんなんどうでもいいんだけどさ」

会話の流れをぶった切り、シヴァは屋敷を指さす。

「お前らは、お前らの主が学術都市に何してるのか知ってるのか？」

「無論。粗悪な混血雑種どもを纏めて駆逐し、その霊魂を有効活用しておられるのだ」

「そしてそれこそが我らの使命。天意に背いて生まれ増えた、混血という罪を浄化するのだ」

天使たちの口から紡がれるのは混血種への拒絶感。よくよく見てみれば、この天使たちの元になったのは人間や亜人、魔族に獣人と様々な人種が揃っているが、全員純血種のようだ。

（わざわざ純血主義者たちを選んで天使にしたのか？）

なぜ血統に関する現代の社会問題に、本来関わりのない神族が首を突っ込んだのか。シヴァは特権階級からくる優越感や、4000年前の延長である他種族への無理解から起きている問題だと捉えていたのだが、もしかしたら根はもっと深いところにあるのかもしれない。

「シヴァ・ブラフマン。話には聞いていたが、4つの種族の混じりものという、最も汚らわしい混血であるという話は確かなようだ」

「混血を根絶やしにするのは天意である。主の威光に背き、我らに仇なす最も罪深き者よ。大人しくその身を裁きの光に委ねるがいい」

「いくら優れた魔術師といえど、所詮はただの人類。最強種たる神族の加護を得た我々に

――」

5

「悪い。お前らの相手を何時までもするほど俺も暇じゃないんだわ。そんな展開、小説なら俺でも読み飛ばすレベルにどうでもいい」

血肉が焦げて蒸発した臭いが充満する中、シヴァは屋敷の扉を開けて中に入る。最初に出てきた天使たちの他に、援軍とばかりに屋敷から出てきた天使たちも片っ端から焼殺し続け、どうやらもう天使は居ないらしい。感じられる魔力は、地下にある一際《ひときわ》強いものだけ。

「この屋敷に居る奴は天使ばかりだった……学術都市に換魂の儀式を使ったのは、間違いなく神族だな」

この屋敷は言わば、神の隠れ家といったところか。エントランスホールに入ったシヴァは、右足を持ち上げ……そのまま1階と地下を遮る床材を踏み抜いた。

凄《すさ》まじい轟音《ごうおん》と共に、瓦礫《がれき》を飛散させながら砕け散る床。足場を失い自然落下したシヴァが地下に着地すると、目の前には魔力吸収用の魔法陣と、その上に立つ1人の女を見つける。

高圧的な相貌が特徴的な、華美なドレスを着た中年の女。その姿はどこか、かつて戦ったエルザの姿を彷彿《ほうふつ》とさせる……というよりも、全体的な容姿がよく似ているのだ。エルザが20年ほど歳をとればあのような姿になっても何らおかしくはない。

「貴方《あなた》は一体誰なの!?　ここがどこか知っていて入ってきたのかしら!?　ここは学術都市を治めるアブロジウス公爵夫人たる私が所有する別荘よ!?　貴方のような卑しい下々の者が立ち入っていい場所ではないのよ!!　この無礼者!!　誰か!!　誰かこの者を捕らえて――――」

「そういう茶番は良いから。とっとと正体を現せよ、神族」

高慢な貴族婦人といった様子で喚《わめ》きたてていた女が、シヴァの言葉にピタリと静かになると、その全身から壁に罅《ひび》を入れ、大地を揺るがすほどの強大な魔力を放出し始める。

「……よく分かったわね。何故《なぜ》私が神族だと分かったのか、聞こうかしら」

「魔力の質と量」

簡単かつ明確に答えるシヴァに、女は考え込むような表情を浮かべる。

「…………魔力の質はともかく、量を測る技術は既に途絶えたはずなのだけど」

「俺からの質問にも答えてもらいたいんだけどさ……アンタ、エルザ・アブロジウスの母親なんじゃないの？　さっきアブロジウス公爵夫人とか言ってたし。……まぁより正確に言えば、エルザの母親を生贄にして人の世で活動できるようになった神族ってところか？」

「本当に驚いたわ。イレギュラーな存在だとは思っていたけれど、人類の前から姿を消して幾千年の時を経た現代に、神族の活動条件を知る者がいるだなんて」

セラの記憶ではここ３ヵ月以内には確かに存命していたはずのエルザの母。

周りの人間の記憶では数年前に確かに亡くなったことになっているエルザの母。

この矛盾を容易に引き起こす事ができる方法があるとするならば、それは自身が望んだ事象を過程を無視して実現する、神族や悪魔特有の魔法である、権能魔法によるものだろう。神族が一言、自分に関する記憶をすり替えろと命じれば、人の記憶は本当に改変されるのだ。

(でもそれだと……)

周囲の記憶を消した理由を簡単に推察するのなら、活動するにあたって公爵夫人という立場が足枷《あしかせ》になるようになったからだろう。確証はないが決して無理のない推察だ。

……だが、仮にそうだとしてだ。なぜセラの記憶だけ改変されていないのか……記憶を消すに値しないと判断されたのか、はたまた別の理由か。

「どんな手を使ったのか分からないけれど、私の可愛い天使たちを倒してここまで辿り着いたことを称《たた》え、我が神名を教えてあげましょう！　遥か古より最も深く信仰された、世界で最も偉大な――――」

その瞬間、シヴァの拳が女の顔面に突き刺さる。大地を割る一撃は頭蓋骨を陥没させ、剛力の勢いで全身が壁に埋まるほどの勢いで壁に叩きつけられた。

「マジそういうのどうでも良いから。俺からお前に聞くのはただ1つ……換魂の魔法を中断し、二度と誰かに危害を加えないと誓うか、それともこのまま死ぬか。……好きな方を選ばせてやるよ」

そう言いながらも、シヴァは拳に跳ね返ってきた骨を軋《きし》ませる振動に、手首を数回軽く振る。

只の一撃。拳から伝わる感触と、肉体の外見に見合わない質量から、シヴァはこの神族が以前戦った悪魔よりも遥かに格上であるということを理解した。現にこの神族は吹き飛ばされ、壁に減《め》り込んだものの、肉体の原形を留《とど》めているのだ。

「上位神族ってところか。この程度で気絶もしちゃいないんだろう？」

追撃の拳槌打《けんついう》ち。振り下ろされる一撃はさながら巨大な斧《おの》の如《ごと》く、衝撃波だけで壁と床を抉《えぐ》るが……拳槌は湯気が立ち上る水……熱湯の壁に阻《はば》まれている。

「只の熱湯……じゃないな」

「当然。我が母と父より授かりし、宙《そら》と星の力を見るがいい」

熱湯は渦巻く刃《やいば》となって壁と床をシヴァもろとも吹き飛ばし、神族はその姿を露《あらわ》にする。

先ほどの中年の貴族婦人とは明らかに違う。人間味のない美貌。背中には光背という後光を模した装飾を背負い、人類の技術では作れそうにない、星屑《ほしくず》を束ねたような光を放つ羽衣を身に纏う……まさしく人々が想像した神の姿がそこにあった。

「私は太陽神ラーファルコと水神の間に生まれた神の子、シャクナゲ。決して蒸発することのない熱き水、その猛威を知りなさい」

無数に放たれる熱湯の糸。高圧で押し出されたそれらを自在に操り、まるで鞭《むち》のようにしならせながら、シヴァに殺到する。

「《炎轟壁《フレウォル》》」

それに対してシヴァは即座に炎の壁を展開。そこらの水ならば近づいた瞬間に蒸発する灼熱《しゃくねつ》を放つ炎の壁……それを容易く突破した熱湯の糸は、シヴァの体に幾つか裂傷を刻み、それと同時に血肉を白く茹《ゆ》でた。

(炎熱の耐性が皮膚より遥かに低いとはいえ……俺の肉を焼くとは)

太陽神ラーファルコ。4000年前、最大の信仰の果てに生まれた神の絶大な力を、シヴァは良く知っている。そのラーファルコの子という神話的概念から生まれた神の子というのは何柱《なんちゅう》も存在しているが……シャクナゲも間違いなくその血統であると確信するには十分だ。

「あっははは!!」

蒸発することのない熱湯の糸が乱舞する。ただ壁を作るだけでは対策にならないと察したシヴァは冷静に俯瞰《ふかん》し、熱湯の糸の隙間を縫うようにシャクナゲの元へと距離を詰めようとするが、制限など無いかのように増える熱湯の糸が、個別の意思を持った蛇の群れのように襲い掛かる。

まるで切れ味を有する鋼の糸……斬鋼糸《ざんこうし》だ。普通の水なら100度以上にはならないが、この熱湯の糸は明らかに数万度は下らない熱量がある。仮にも相手は水の母神から生まれ出《い》でた太陽神の力を宿した子。この程度の法則の無視などできて当然だろう。

(さぁて……どう攻めるかな)

茹で上げられた裂傷を炎と共に再生させながら、触れれば肉を削《そ》ぎ、骨を断つ死の糸を掻い潜る。

太陽神としての灼熱を帯びた熱湯の糸。しかし脅威はそれではない。山を融解するシヴァの炎を以《もっ》てしても蒸発しないのは、全ての水神が持っている能力、水の状態の操作だ。

水神が操る液体というのは、どれほどの炎で熱しても気化せず、どれほど低温の冷気を浴びせても固体化しない。水神の意思1つで液体の状態を保てるのだ。

（一種の権能魔法みたいなもんだもんなぁ……神の子もそれを使えるはずなのに使って来ないのは……多分俺、舐められてる）

それでも一番の脅威となるのは蒸発しない水の方。これを防ぐには、ただ温度が高いだけの普通の炎では絶対に不可能だ。質量が無に近い為、炎ではぶつかり合いになった途端に貫かれてしまう。

適性が無くとも地属性の魔法で壁を作ることも出来るが、鋼よりも遥かに頑丈なシヴァの皮膚を容易く裂く水の糸の切れ味は、その範囲も合わさって山を微塵《みじん》に切り裂くことも可能だろう。シヴァの拙《つたな》い地属性魔法で防げる類のものではない。

「ほら、どうしたの？　私の天使たちを殺したってことは、神族を殺す手段があるのでしょう？　それは使わないの？」

誘発させようと言わんばかりに煽ってくるシャクナゲ。理由は定かではないが、どうやらその手段に興味があるのだろう。権能魔法で容易に仕留めようとはせず、甚振《いたぶ》るように戦っているのがその証拠。

確かに、《火焔式《アヴェスター》・源理滅却》を使えば簡単だ。水の状態を操る力が作用するよりも先に全てを焼失させ、神族をも殺す最強の閃熱を放てば。

「白々しいこと言うなよ。学術都市の地下にあった魔法陣ならもう確認済みだ」

しかし、その手段は実質封じられたも同然である。

「魔法陣を崩す、もしくは術者の死亡と同時に除霊魔法を発動する術式を組み込みやがって。ここで浅慮にお前を殺せば、学術都市の皆を救う可能性そのものが完全に無くなるじゃないか」

「何だ。気付いてたのね。残念」

除霊魔法などといえば聞こえはいいが、その実態は肉体から剝がれた霊魂を瞬時に分解、消滅させる魔法だ。その魔法が条件を満たした時、学術都市全体に効果が及ぶように発動する術式が組み込まれていたのだ。

そうなればどうなるのかは明白。除霊魔法は生者にこそ影響を及ぼさないが、肉体から剝がされた学術都市の住民たちの霊魂を1つ残らず破壊するだろう。そうなれば蘇生は完全に不可能……シヴァとセラにとって、戦いに負けるのと同様の敗北条件にあたる。

「なら何もできないままこのまま朽ちていくのね。ただの矮小《わいしょう》な人類風情が、神に逆らうなんて烏滸《おこ》がましいわよ」

「……矮小な人類、ねぇ」

そのあまりの言い分にシヴァは眉を顰《ひそ》める。それは不快感というよりも、疑問からくる表情だ。

「分からないな。神族は自然の恩恵や、人類の信仰が具現化した存在だ。天界に引っ込んで不干渉を決め込むことはあっても、積極的に人類に手を出すような真似しないと思ってたんだけどな」

そういうのは対極的な種族である悪魔の所業。神族はむしろ、人類に恩恵を与えることで、人の世における地位を獲得してきた種族だ。事実、4000年前はそうだった。

「…………神の力に抵抗できる、この時代の規格に釣り合わないその力と神族への知識。貴方の正体が疑問だったけど、少し分かったわ」

「ん？　俺の正体？」

「貴方は4000年前以前に生まれた魔術師……そうでしょう？」

核心に極めて近いところを言い当てられ、シヴァは思わず閉口する。それを図星と察したシャクナゲは、口角を大きく釣り上げた。

「見たところ人間や魔族、亜人に獣人の混血。特に不死性のある種族の血は流れていないけれど……どうやってこの時代まで生き延びたのかしら？　妥当な手段としては自身の凍結封印？　それとも時間旅行の儀式？　いずれにせよ、神族は人類に恩恵を与えて当然と言わんばかりの、傲慢極まりない考え方だけで確信できたけどねっ」

シャクナゲの魔力が膨れ上がるや否や、彼女を中心に莫大な熱湯が渦巻きながら半球状に広がっていく。凄まじい勢いの水が壁や天井を削り飛ばし、屋敷を吹き飛ばしながらシヴァを熱湯のドームの中に自分と一緒に閉じ込めると、猛攻は更に勢いを増していく。

「別にそこまでは思ってないんだけどな……何？　何か怒らせるようなこと言った？」

今までシャクナゲを起点に放たれていた熱湯の糸が、周囲からも放たれるようになったのだ。もはや猫の子1匹も逃さない制圧攻撃。シヴァが掻い潜る隙は微塵も存在しない。どう動いても肉は削がれてしまう。

「……これから死ぬ貴方には関係のないことだわ。さぁ、大人しく五体を切り刻まれなさい‼」

どうやらこれ以上喋《しゃべ》る気はないらしい。そう悟ったシヴァは、ようやくシャクナゲとの戦闘に本格的に意識を移す。

相性は最悪。神としての絶大な力を有し、無抵抗ならばシヴァも殺される威力の魔法を制限なしに乱射する強敵だ。

その上、防御も出来ないとなれば……答えは単純明快。

「やっと観念したのかしら？　所詮は人類如きに――――」

ダラリと腕を下げたシヴァに諦観の念に至ったと感じたシャクナゲだったが、その嗜虐的《しぎゃくてき》な笑みはすぐさま硬直する。

「よぅし、真っすぐお前のところに行って殴ろう」

シヴァが取った選択……それは、防御など完全に捨ててしまうという無謀。襲い掛かる無数の斬撃、その一切を無抵抗に受けても尚《なお》、全く怯《ひる》むことなく突き進み、全身から血を噴き出しながら刻まれる傷は、炎と共に即座に癒《いや》す。

まさかそんな方法で突破してくるとは予想していなかったのだろう。シャクナゲが刹那の間だけ呆気《あっけ》に取られた、その隙を的確に突いて瞬時に間合いを詰めたシヴァは、炎を纏った拳でシャクナゲの胴体を打ち抜いた。

「ごばぁあああっ!?　……ぐ……！　お、のれ……っ!!」

衝撃は灼熱と共に腹から背中へと突き抜け、シャクナゲは皮膚も内臓も骨も炭化させながら吹き飛ばされるが、地面に両足を突き刺して熱湯のドームの内に留まる。口と鼻から黒煙を吐きながらシヴァを睨《にら》みつけると、既に間合いを詰めて拳を引いていた。

「《光満ちて貫け》」

それでもなお、シャクナゲはどこまでも冷静だ。あらゆる物理法則を超え、自身の望んだ事象を発生させる、神族や悪魔がドラゴンと並んで最強種と呼ばれる所以《ゆえん》、権能魔法を活用し、シャクナゲの貫手《ぬきて》は実体を保ったまま光速に至った。

白魚のような指先が心臓を破壊し、背中を突き破る。神族ならば問題のない外傷でも、人類ならば問答無用で即死の大ダメージを与えたことに勝利を確信し、笑みを浮かべるが……その笑みさえも脳天に振り下ろされる肘打ちが粉砕する。

「ぶっ……ぐ……!?」

「ほらほら、止まってる暇はないぞ」

頭蓋《ずがい》が砕け、首が陥没するシャクナゲに間髪入れずに追撃の回し蹴りを放つ。弾丸を遥かに上回る速度で吹き飛ばされながらも、肉体の復元を終了させたシャクナゲは、熱湯のドームに叩きつけられて止まり、即座に迎撃態勢に移行し……さも当然のように破壊された心臓を再生したシヴァの炎拳によって顔面を貫かれた。

「が……!? あ、貴方……本当に人……!?」

「おいおいよしてくれよ、人を化け物みたいに言うのは」

「くっ……! 調子に乗らないでっ」

熱湯のドームに囲まれた、今の環境を最大限に利用し、熱湯の斬撃を縦横無尽《じゅうおうむじん》に躍らせながら、シャクナゲは質量を保った光速の打撃を繰り返すが……それでもなお、シヴァは一切止まらない。止められない。

どれほど致命傷を負っても即座に回復。痛みにもがくこともなく、倍返しの破壊力を宿して放たれる連撃。防御を完全に捨て……否《いな》、防御が成立するほどの怒濤《どとう》の連続攻撃によって、学生が神を追い込んでいく。

「さあ、インファイトといこうか! 俺が死ぬのが先か、お前が死ぬのが先か! 勝負しようや神様!」

触れるだけで鋼鉄すら融解する炎熱を帯びた四肢が右から、左から、上から、下から息つく暇もなくシャクナゲに叩きつけられる。それはさながら、四方から押し潰さんと迫る炎の壁。それを思わせるほどの連撃だった。

「がはぁあっ!?」

「はっはぁ!!」

シヴァは全身にくまなく炎撃を叩きこまれたシャクナゲの首を鷲掴みにし、その喉に灼熱を直接送り込む。

「《爆炎掌《テオ・プロジム》》」

凄まじい熱膨張が肉体の内側から発生し、シャクナゲは血肉を爆炎と共に撒《ま》き散らせながら全身を破裂させる。

どれほどの再生能力を有した怪物であっても即死は免《まぬが》れなさそうなダメージだが、神族の不死性は肉体に由来するものではなく、存在の特性に由来するもの。木っ端微塵になっても瞬く間に肉体を復元するが、シヴァは自分の体を覆うほどの大きな魔法陣を展開。それを下から蹴り上げる。

「《百萬炎烈轟脚破《ミリオ・レギナズル》》」

大地を割る《滅びの賢者》の蹴り。それとまったく同じ威力と質量を伴った炎が100万発、魔法陣から噴火するように放たれた。

復元しかけた肉体は再び消し炭となり、屋敷の地下から上部分は完全に吹き飛ばされる。周囲には火の粉の雨が舞い落ち、戦いは屋外へと移行した。

（ここなら魔法陣を壊さずに済みそうだな）

あのまま除霊魔法という爆弾付きの魔法陣がある地下で戦うのは、学術都市の住民たちが危険だ。そこから抜け出すことができ、注意こそしなくてはならないが、それでも戦いやすくはなる。

「おのれ……！　私を魔法陣の上から……！」

「これでもうお前は、俺を倒さない限り魔法陣から魔力を吸収できない……何が目的か知らないけど、残念だったな……なぁ!!」

噴射する業火を飛行の為の推進力に変え、相手を地面に落とさない、かち上げるような連続攻撃。シャクナゲとしては魔法陣の上に戻りたいのだろうが、それを許すシヴァではない。

「《火隕矢《メテオラ》》」

遥か上空から雲を突き破り飛来する、隕石《いんせき》を思わせる巨大な火の矢がシャクナゲの胴体を穿《うが》ち、彼女の体を海へと運ぶ。

着水と共に凄まじい爆発が生じ、巨大な水柱が上がり、海に一時的に大穴を開けた。露出した海底に全身から煙を上げながら炭の混じった喀血《かっけつ》を繰り返すシャクナゲに追撃する。

「ぐ……がっ……！　……水神の血脈と、海で戦う意味を知らないのかしら……！」

鳩尾《みぞおち》に突き刺さる、炎を纏ったシヴァの踵《かかと》。その損傷を無視して、シャクナゲは海そのものに干渉した。

星の表面の半分以上を埋め尽くす水の塊。それを掌握するのは水の女神の子。生粋《きっすい》の海神ほどの掌握力はないが、その脅威は計り知れない。法則を超えて何百万度にも温度を上昇した海水は、辺りに生息していた海生生物たちを残さず茹で殺し、熱湯の刃となって殺到する。

その数、その威力は先ほどまでとは比較にならない。水の使い手が海の力を借りるというのは、すなわちそういう事だ。

「《百萬拳裂炎上烈破《ミリオ・ブラキウム》》」

しかし、シヴァは一切意に介さない。防ぐ素振りも、避《よ》ける素振りすらも見せず、致命の威力を誇る雨の如き水の斬撃の連撃を前にして、自分の両側に2つの魔法陣を展開。それを殴りつける。

放たれるのは計200万にも及ぶ炎の拳。その数と威力によって水の刃をシャクナゲと海ごと吹き飛ばした。

「まだまだだぁあっ!!」

肉体を復元しきる前に振り落とされる灼熱の業火を纏う踵落としが、海底に大穴を穿ち、海を叩き割る。そこから更に連打……反撃の隙すらも与えない。水という、炎の天敵属性の神族の魔法に対する、超攻撃的防御だ。

(何なの……これ!?　な、何もさせて……!)

あらゆる火を消し去る海が、そこで戦う水神ごと、たった1人の魔術師が生み出す炎に吹き飛ばされていく。こんな事が出来る魔術師など、4000年前に実在したどのような大魔術師にも出来なかった。

（どうしてこんな男が今の今まで注目されなかったの……!?　炎で海を押し返す魔術師など……）

何とか見つけた隙をついて距離を取りながら反撃をしている最中、シャクナゲは1つの可能性に思い至るが、すぐに頭を横に振る。

（そんな訳が無い……！　奴は既に倒されたはずだし、本当に奴だとしても……こんな人類を守るためにあの炎を自ら封じる真似をするはずが……！）

絶対にありえないと断じたものの、ますます正体が分からない。姿を隠して研鑽《けんさん》を積んだ魔術師だとしても、こんな実戦慣れしているのは可笑《おか》しな話だからだ。

「戦いの最中に考えごとか？　随分と余裕じゃねぇの!!」

「ぐああああああああああっ!?」

一撃一撃が海を吹き飛ばす衝撃と灼熱を纏う連撃が、シャクナゲの全身にくまなく叩き込まれる。ここが莫大な水という緩衝材の無い場所であったなら、たとえ戦場が遥か上空であっても容赦なく地上を焼き払うだろう。もしかしたら……というか、もしかしなくても、シヴァはそういう意図もあって水神であるシャクナゲを海へと誘導したのだ。

「ふ、ふざけた真似を……！」

神族にも拘《かかわ》らず、人類に侮《あなど》られている。そう感じたシャクナゲは怒りと屈辱で我を忘れそうになるが、ある疑問が彼女の理性を冷静に保たせる。

(でも分からない……どうしてこの男は、こうも魔力を消費し続けるの!?)

これほどの攻撃でも、〝神は人の力の及ばない存在〟であるという概念的守護に守られた神族は殺せない。それを分かっているはずなのに、この後先考えない魔力の消費は何なのか。

いくら優れた魔力を持つシヴァといえど、権能魔法によって制限なく魔力を回復させることができる神族や悪魔と違い、休憩なく使用し続ければ枯渇する。1度の戦いで絞り出す分には限界がある。現にシヴァの魔力が目に見えて減ってきているのだ。これほどの魔術師が、そんなことも分からないとは思えない。

「人質を取られたからと、破れかぶれの特攻かしら……!? そんなことをしても無駄よ……貴方のような破壊に特化した炎の魔術師に、誰も救えはしないわ!!」

鋼を切り裂く熱湯の糸が無数に生み出され、渦を巻くように広がる。この時代の、どのような英傑でも瞬時に細切れになる斬撃を全身で受け止めるシヴァだが、彼は皮膚が切られた端から瞬時に肉体を再生させつつ、怯むことなく猛攻撃をただ繰り返す。

(天使たちを滅した以上、神族を殺す手段がある。それを使わないのは私が学術都市全員の霊魂を人質にとっているから……事実上、無限の魔力と不死性がある以上、長期戦になれば勝つのは私。この男が勝つには、学術都市の住民たちを見殺しにするほかない……その筈なのに……!)

シヴァの眼には、一切の諦めが宿っていない。それどころか、自分だけではどうしようもないこの状況など、意にも介していない……そんな獰猛《どうもう》な笑みを浮かべていた。

（どうして⁉　どうして諦めようとしないの⁉　どうして最高神の子である私が、手加減している人類の魔術師に圧倒されなきゃいけないの⁉）

殺す手段があるのにそれを使わない。それは手加減されているのと同義だ。その事実に猛烈な屈辱を感じるシャクナゲだが、それでも彼女の優位には違いない。

理由はどうあれ、シヴァは自分が殺されかねない状況下においても他を見放さない甘い性格。念のために用意した除霊魔法《保険》が最大限の効果を発揮している状態だ。

確かに今は圧倒されているが、このまま続ければ最終的に勝つのは自分だ。シャクナゲはシヴァの魔力が尽きるその時を虎視眈々《こしたんたん》と狙うが……そこでシヴァの意図に気が付く。

（……もしかして、意味のない攻撃をただ繰り返しているのではなく、私をこの場に留まらせようとしている？　猛攻によって自分に意識を集中させて、私の目を何かに向かないように……？）

それは悠久の時を過ごしてきた、神族の経験則からくる直感だった。もしそうだとするなら、シヴァはシャクナゲから何を守ろうとしているのか。

「さっき、俺には誰も救えないって言ったよな？」

「……？」

唐突に、シヴァは攻撃の手を緩めないまま語り掛ける。

「確かにそうだ。俺の魔法は破壊に特化しすぎて、誰かを救うなんてのは本来専門外だ。実際に俺が今まで誰かを救うことが出来たことなんて数える程度しかなかったし」

「……それが何だって言うの？」

「今回の事だってそうさ。お前の仕掛けた保険《罠》は小賢しいくらいに周到で、俺だけじゃどうしようもなかった」

「……一体、何の話を――」

「けどな」

《滅びの賢者》《破壊神》と世界から恐れられた男は、シルヴァーズとしてではなく、この時代の学生、シヴァ・ブラフマンとして断言した。

「今までは独《ひと》りだったけど、今は違う。ここで戦っているのは俺1人でも、俺は独りじゃない」

その言葉を聞いたシャクナゲは瞠目《どうもく》し、シヴァからの猛攻を食らうことも厭《いと》わずに学術都市の方を見やる。千里を見通す神の目で視界に収めた大都市の上空には、青白く輝く巨大魔法陣が都市全体を覆うように展開されていた。

「嘘でしょう……!?　あの小娘が……今まで意図的に魔法を教えてこなかったのに……ついこの間まで魔法の基礎すら知らなかったはずの小娘が、あんな魔法を使おうというの……!?」

「はっはぁ!!　最高の出来と十全以上の魔力だ！　これなら十分どころか十二分!!」

止めなくては。その判断に全身を委ねたシャクナゲは、魔法陣を介して巨大な水塊を砲撃として撃ち出す。着弾すれば一撃で要塞をも木っ端微塵にする砲撃は学術都市へと飛来するが、その一撃は突如都市全体を包み込むように展開される炎に触れた瞬間、凄まじい爆発と共に飛び散った。

「《大業炎爆壁《オル・フレヴォルディム》》。……圧が加わると同時に大爆発を起こし、あらゆる物理的な攻撃を相殺《そうさい》する火の城塞だ。水の砲撃だろうが何だろうが、邪魔はさせねぇよ」

「シヴァ……ブラフマン……!!」

こちらの攻撃を防ぐ手立てがあったのに、起死回生の一手を悟らせないために、神の攻撃を前にして一切の防御を捨てた。

その事実が魔法陣の上から我が身を離されたことも相まって、絶世の美貌に憤怒《ふんぬ》をありありと浮かべてこちらを睨むシャクナゲに対し、シヴァは広げた両手に炎を灯す。

「今更気付いてももう遅い！　ここから逆転させてもらうとしようか!!」

6

時は遡《さかのぼ》り、学術都市。

両腕でノートを抱きしめるセラは、口から荒い息を吐きながら街の中心にある、学術都市で一番背の高い建物である塔を目指して、道端に転がる魂を抜かれた無傷の死体を飛び越えながら走る。

「…………っ」

体の小さなセラは、その運動能力や心肺機能も子供並みだ。走り過ぎて脇腹が引き攣《つ》るような痛みに顔を歪《ゆが》めるが、それでも止まるわけにはいかない。肉体から引き剝がされた霊魂が完全に分解されてしまうまで、もう時間が迫ってきているのだ。

「……っ……っ」

荒い息を吐きながら止まることなく塔に辿り着き、中に入って階段を駆け上がるセラ。

この塔は四六時中一般開放されている学術都市のシンボルのようなものだ。屋根もなく開けた屋上には授業の開始と終わりや、放課後や昼休みを告げる為に学術都市全域に鳴り響く大鐘の魔道具が設置されているのだが、目的はそれではない。出来るだけ高く……遮蔽物《しゃへいぶつ》が視界に入らない場所に来ることが目的だ。

「っ……っ……！」

何とか屋上まで辿り着き、乳酸が溜《た》まって感覚がなくなってきた足が縺《もつ》れそうになりながらも、セラはノートを広げながら上空を見上げる。

この屋上は観光名所としての役割も果たしており、夜になれば自動で灯《あか》りをともす魔道具も設置されているので、広げたノートも読むことが可能だ。

幾万人にも及ぶ学術都市全員の救命……その役割を小さな体で背負ったセラは震えそうになる利きの右腕を左手で強く握って支えると、右手に魔力を集中させて空に向ける。

魔力の残光によって、ノートに描かれた魔法陣を宙に描こうとしているのだ。魔法陣を構築する速度も重要だが、それ以上に正確に仕上げるために何度も何度もノートを見ながら、夜空という巨大な用紙にゆっくりと魔法陣を記していく。

（上手《うま》くいくかどうか分からない……けど）

長い長い人類史においても、恐らく過去例の無い魔法を行使するための陣を描きながら、セラはシヴァからの教えを思い出していた。

『炎という属性に、本来死者を蘇らせる力はない』

そう聞いた時、セラは思わず首を傾《かし》げた。これまでさんざん炎の魔法で死者を蘇らせておきながら何を言っているのかと。

『本来炎とは物体を燃焼させるだけの力……地属性を始めとする他の要素が合わさって副次的な力を生み出すこともあるけど、水の塊である生物の肉体を元通りになんて出来るわけが無いんだが……それでも俺の魔法、《生炎蘇鳥《フェニクス》》は魂の情報から肉体を再構築することができる。そのカラクリの正体が、これから教える術式だ』

【はい】

シヴァは炎で魔法陣を象《かたど》りながら説明を始める。

『俺が生まれるよりも更に昔の魔術師たちは、口にした事を自然法則を逸脱させて実現させることができる権能魔法を操る最強種、神族や悪魔の力を参考に、今までは額面通りの力しか発揮しない属性魔法に新たな力を与えるための術式の研究に没頭していてな。その過程で神族や悪魔を調査していく内に、1人の魔術師がとある種族を発見することとなった』

【ある、種族？】

『神族や悪魔が人類が生み出す概念や信仰といった思想と自然界の魔力が混ざり凝《こご》って誕生することは説明しただろ？　信仰が今よりもずっと生活に根深く浸透していた大昔では神話や宗教、民間信仰に出てくる神や悪魔は次々と生まれていったんだが、その中には神族や悪魔として誕生するための条件を満たしているにも拘らず、誕生しない存在があったんだよ』

片手に点《とも》した炎を不死鳥の姿に変えるシヴァ。

『それが幻獣種。神族や悪魔になり損なった、魔術師の思想上だけに存在する種族だ』

【……どうして幻獣種は実在できなかったのですか？】

『その原因は今でも分からない。何か条件があるのだと思うけど……当時幻獣種を発見した魔術師たちにとって重要なのは、個の存在として確立した神族や悪魔からリスクや代償付きで力を借りることなく、それらに比類する力を魔法に与えることができるという点だった』

大多数の人類から生まれた概念や思想は魔力と混じりあい、力を得る。肉体を得て個の存在として確立した神族や悪魔の力を借りるには直接的な干渉が必要不可欠だが、幻獣種は形を持たずに彷徨《さまよ》う、眼に見えない力の源……それを何らかの利用が出来るのではないかと、発見した魔術師は考えた。

『そして生まれたのが理論《幻想》の中でだけ存在する超常的存在の力を借り、悪魔や神族に人類が立ち向かう力を与える高等術式……通称、幻想術式と呼ばれる、大勢の人類から発せられる概念や思想に自分自身の魔力を混ぜて、本来ではあり得ない現象を引き起こすものだ。４０００年前までは、一定水準を超えた魔術師たちが神族や悪魔と渡り合えた最大の理由だな』

【それじゃあ……シヴァさんが使っている蘇生魔法も……】

『あぁ。セラも不死鳥という存在くらいは知ってるんじゃないのか？』

そう聞かれてセラは頷く。幾度命を落としても、自身を焼き尽くして灰の中から蘇る、世界中で知れ渡った空想上にだけ存在する霊鳥だ。

『例として、俺の《生炎蘇鳥《フェニクス》》も世界中の人類が発している不死鳥の概念に自分の魔力を混ぜ込

み、命を生き返らせる炎という、空想上にだけ存在するものを実現する魔法術式ってわけだが
……実を言えば、俺の適性属性じゃ神話に記される不死鳥の力を最大限に発揮することはできない。なぜなら不死鳥の神髄は、どれだけその身が砕けても、最後には〝灰〟の中から復活することにあるんだからな』

【灰……ということは】

『そうだ。不死鳥という概念的存在……その力を最も強くこの世に顕現出来るのは、セラみたいな灰の適性属性を持つ奴だけだ』

聞けば聞くほど荒唐無稽にすら感じる高度な魔法術式、それによって生み出される神の如き力。

それをこれから自分が行使するのだと考えると、状況も相まって緊張するセラだが、その心情を察したかのようにシヴァは穏やかに語りかける。

『昔、誰かが言ってたよ。魔法っていうのは、扱う奴の性格で向き不向きが表れるってな』

『…………？』

『多分、実際にそうなんだと思う。俺みたいに戦う事ばっかり考えてた奴は破壊に特化した魔法が得意になるし、グラントみたいに物作りに没頭できる奴は錬金術とかが得意になる。そして医療系の魔法が得意な奴っていうのは、セラみたいな奴が多いみたいだ』

それはまるで、何の迷いもなく、失敗すら恐れていないかのような不敵の笑み。

『成功確率は低いっていったけど、実を言えば成功するんじゃないかって、俺は根拠もなく確信

してる。だってお前は、《破壊神》呼ばわりされた元世界の敵とだって一緒にいてくれるくらい、優しい奴じゃないか』
性格は魔法の才能の1つ……セラには他者を救う確かな力が秘められているのだと、古の時代を生きた最も強い魔術師は断言する。
『どこの誰かも分からない奴が、大勢の命を巻き込む企《たくら》みなんか、灰の翼でぶっ飛ばしてやれ。上手くいかなかったとしても、俺が一緒に責任でも何でも背負ってやるさ』

不安は消えたわけではない。それでも、こんな自分を信じたシヴァに応えたい。その一心でセラは魔力の光が灯る手を走らせ、学術都市上空に巨大な魔法陣を描いていく。

幻想術式とは理論上だけで存在する、神族や悪魔に匹敵する幻獣種に魔力を与えることで限定的にこの世界に顕現させ、その力を行使する術式。今セラが描いている魔法陣は、とある幻獣種の力を図式化したものだ。

人類が文明を築き上げた黎明期《れいめいき》から種族問わず世界中で信仰を集める、《創造神》クリアを主神とする世界最大宗派の1つ、創神教《そうしんきょう》。その宗教が教え伝える信仰神話において最も重要な役割を担う3体の幻獣種が存在する。

クリアによる世界の創造から始まる、世界の維持と破壊、そして再生からの維持という3つの機能によるサイクル……これは世に三獣論《さんじゅうろん》と呼び、それぞれに対応した神獣が存在する。

発展と維持を司る神狼《しんろう》。破壊を司る悪竜。そして、世界中に広まる不死鳥伝説の原典で、破壊されて灰の山と化した世界を元に戻す霊鳥……今回セラが幻想術式によって疑似的に顕現させる、破壊からの再生を司る巨鳥《きょちょう》だ。

（出来た……ここから……！）

日付が変わる1時間前になって完成した魔法陣。それを時間が許す限り見直すと、今度は地面にもう1つ……エリカから教えてもらった精霊化の魔法陣を描き始めるセラ。

人類と精霊のハーフであるが故の魔力の運用の不安定さを解消し、魔法のコントロールを上げることで成功率を高める。精霊化した状態で魔法を使うのは今回が初めてだが、これほど高度な魔法となれば自分自身の精度を上げなければ話にならないだろう。

「…………っ!?」

エリカと一緒になって必死に覚えた、一時的に人としての要素を排し、自らを完全な精霊と化す魔法陣を描き終えた時、大気を引き裂くような微かな音と共に凄まじい威圧感を感じ取ったセラ。

彼女本人は自覚していないが、極限状態で精神が過敏になったことで、偶発的に魔力探知を行っているのである。慌てて威圧感を感じる方角を振り向いてみると、暗い夜空でも分かるほど巨大な水塊が飛来してくるのが見えた。

（そんな……後、少しなのに……！）

恐らく都市の人々の魂を抜き取った何者かの攻撃。このままでは今セラが居る鐘の塔に直撃するだろう。そうなれば自分の命が助からないどころか、リリアーナやエリカ、グラントたちを始めとした学術都市の人々も助からない。

思わず絶望してしまいそうになった……その時、都市を覆い隠すように炎の壁が燃え広がり、城塞をも砕きそうな水の砲弾がそれに触れた途端、凄まじい轟音《ごうおん》と共に爆散した。

(……シヴァ、さん……！)

触れるもの全てを破壊する炎の大結界。多くの人はこれを見て恐怖を感じるだろうが、何時だって彼の火によって守られてきたセラは、この炎が脅威ではないということを世界でただ1人知っている。

まるで陽光を受けているような温気《うんき》に包まれ、セラは炎の結界に全幅の信頼を置きながら、精霊化の魔法陣に魔力を流し込んだ。

「…………っ！」

その瞬間、渦巻く光がセラを包む。エリカ監修の下、何度か試しに使ったことがある精霊化の魔法だが、何度やっても慣れない、自分の内側から何かが飛び出しそうな不可思議な感覚が全身を駆け巡る。精霊化によって引き起こる彼女の変化はまるで早送りをするかのようだった。

子供のそれと同等の長さであった手足はしなやかさを保ったまま大人の手足と同じくらいに伸び、高くなった背丈よりもさらに長く伸びて地面に引きずるほどになった灰色の長髪は蒼炎《そうえん》で形作られた半透明のベールで覆われる。

　肉付きの薄い体は一変して、豊かな胸が主張する女性的な体となった。耳はより長く伸び、全身に入れ墨のような紋様が浮かび上がると、万人を魅了する肢体を踊り子のような民族服に似た、魔力で編まれた精霊の衣装が包み込む。

　子供が大人へと急成長したような劇的な変化を遂げたセラは、月明かりを受けながら美しく輝く美貌を上空の魔法陣に向け、手を翳《かざ》す。

　人としての要素を排し、灰の精霊として覚醒した彼女によって神話の如き奇跡を引き起こす、その魔法の名は――

（《灰燼式・灰之鳳凰《マギア・フェニキシアン・グレイアー》》……！）

　セラの背中に生える巨大な灰の翼。世界が焼け落ちた残骸から人々を復活させる霊鳥の権能そのものと言ってもいい力の塊が、その威を示す。

　羽ばたきによって巻き起こる豪風と共に炎の結界は散り、翼から青白い火が燻る、灰で出来た羽根が雪のように学術都市全体に舞い落ちる。

　夜闇の中で青白い光を纏いながらヒラリ、ヒラリと舞い落ちる灰の羽根が地面や屋根、絶命した住民たちの体の上に落ちた瞬間に強い光と共に弾けると、その光を浴びた霊魂は瞬時に削られた肉体情報を修復させ、元の肉体へと戻っていく。

『うっ……な、なんだ？　寝てしまっていたのか……？』

『うぅん………………え⁉ な、何で⁉ 何で私道端で寝ちゃってたの⁉』

『……は⁉ も、もう夜⁉ 今日は夕方に用事があったのに‼』

破壊された存在を元に戻す事に長《た》けた、治癒や再生とは格が違い、復元や蘇生とは一線を画する、復活の魔法。それが灰の精霊にして魔術師、セラ・アブロジウスの力である。

次々と息を吹き返していく住民たちの声が下から聞こえてくる。やがてそれは都市を揺るがすほどの喧騒《けんそう》となり、それを聞き届けた途端に緊張の糸が一気に解《ほど》けて、全身から力が抜けたセラは精霊化を維持できず、いつもの姿に戻ると共に地べたに座り込む。

足の力が抜けて、全身は虚脱感に包まれる。典型的な魔力不足によって起こる体調不良である。

幾らシヴァから魔力を譲渡されたからといっても、これだけの大人数を一斉に復活させたのだ。しばらくは動けそうにない。

（……こちらは無事に終わりました。あとはシヴァさん……どうかご無事で……！）

街の人々が助かって本当に良かったと胸を撫で下ろしそうになったが、まだ完全な解決には至っていない。セラは水の砲撃が飛んできた方角に向かって、ただ一心にシヴァの武運を祈り続けた。

7

学術都市中の人々の命が蘇っていく。その事実を遠くに感じ取れる数多くの魔力反応から察したシャクナゲはすぐさま魔法陣を遠隔から再起動し、再び換魂の魔法を発動させようとしたが、それよりも先にシヴァが動く。

「《隕合錬岩《アルルド》》」

地中の岩石類がシヴァの意のままに動き、融合し、地下に掘られた巨大魔法陣を埋め尽くしたのだ。一手遅れ、企みが水泡に帰して無言のまま震えるシャクナゲに、シヴァは話しかける。

「これでお前がしたことは無駄骨に終わったな。…………なぁ、今どんな気持――――」

言い終わるよりも先に、瀑布《ばくふ》のような熱湯がシヴァに炸裂する。あらゆる生物を茹で殺す大津波は地上の木々を圧し折り、海へと引きずり込むが、災害に等しい力に確かに巻き込まれた筈のシヴァは両足でしっかりと立っているだけでなく、髪の毛1本たりとも濡《ぬ》れていない。

「……矮小な人の身でありながら、神をここまで虚仮《こけ》にする奴は生まれて初めてよ」

「だったら、どうするってんだ」

「手間だけれど、お前を殺し、同じことを繰り返すだけ。ただで死ねるとは思わないことね」

シャクナゲを中心に魔法陣が展開されたかと思えば、莫大な魔力が彼女の内側に吸い込まれていく。

あの魔力は、学術都市の住民たちの魂を魔力に換えたものだ。膨れ上がる威圧と魔力によって地面は罅《ひび》割れ、石や岩が浮かび上がる中、シャクナゲの全身から放たれる、瞼《まぶた》すら透過する極光がシヴァを含めた辺り一帯を白く照らし、視界が元に戻った時には世界が一変していた。

「神族が使う異界創造法、《聖堂天界《アスガルド》》……いよいよ本領を発揮し始めたってところか」

遥か地平線の彼方まで広がる雲上に立ち並ぶ、煌《きら》びやかな遺跡群を見てシヴァは目を細める。

以前、マーリスたちが召喚した悪魔は、現世で活動するための生贄が無い状態でシヴァと戦うためにシヴァを自らが作り出した異界へと引きずり込んだが、シャクナゲの意図はそれとはやや異なる。

「消え去れ」

周囲を埋め尽くす雲から尋常ではない熱量が放出され、先ほどの海すら掌握していた時よりも遥かに膨大かつ切れ味に優れた熱湯の斬撃が縦横無尽にシヴァに襲い掛かる。

「《百萬拳裂炎上烈破《ミリオ・ブラキウム》》」

それを見てすぐさま魔法を発動。１００万の炎拳を連射して迎撃するも、熱湯の勢いは凄まじく、徐々に炎が押し込まれていく。

「流石《さすが》は上位神族といったところか……条件付きだが、最上位神族に勝るとも劣らないな……！」

神族や悪魔が作り出した異界とは、彼らが最も得意な戦場を用意するだけでなく、異界を作り出した者の力を何倍にも底上げする自陣でもあるのだ。

本来異界で最強種を相手にするということは、死を意味している。先ほどまで手も足も出せなかったシヴァの炎を圧し潰そうとしているのが何よりの証拠だ。自分が作り出した異界における、神族や悪魔の強化倍率はそれほどまでに高い。

「それだけじゃないわ。満足できる量ではないものの、学術都市に住まう人類の魂を溶かして魔力を得た私は、最上位神族に迫る力を得た……それに加えて《聖堂天界《アスガルド》》という陣地。今の私は下手な主神格すら凌《しの》ぐわよ」

神族や悪魔にとって、魔力量などあってないようなものだが、一度の魔法に消費できる魔力には限度がある。格の高い神族ほどその上限は上がっていくのだが、シャクナゲは数万人の人類の魂を変換した魔力を糧にして、その上限を大幅に引き上げたのだろう。

(付け加えて言えば、権能魔法は神族や悪魔自ら発動した、他の魔法に重複させることができない)

万能にして無敵に見える権能魔法だが、シヴァは数多《あまた》の戦いの経験から、理由は不明ながらも制限があることを見抜いていた。

「どうした？　権能魔法は使わないのか？　敵に対して死ねと一言告げれば勝負を決めれる反則魔法は、お前らの専売特許だろ？」

「使うわよ。さっきまで散々やってくれた仕返しをした後でね」

熱湯の勢いが時間を追うごとに倍々式に増していき、シヴァが放つ炎が更に押されていく。１秒経《た》つ毎《ごと》に威力を上げていく魔法には、ジワジワと獲物を甚振《いたぶ》ろうとする明け透けな意図が見え隠れしていた。

「まずは今の私と貴方の隔絶とした力の差を思い知らせることで、絶望と共に戦意を完全に圧し折る。権能魔法を使うのはその後……理《ことわり》を歪めてあらゆる痛苦を与えた後で、貴方の最上の魂を溶かし、私のものにしてあげるわ」

その表情は、人類に信仰される神と呼ばれるものではなく、世界に仇なす邪神とでもいうべき醜悪にして壮絶な笑み。そのまま神に逆らった愚かな人類に絶望を与えようと、熱湯の勢いを最大まで引き上げたシャクナゲだったが――

「《不消炎火《アグニオン》》」

突然連射される炎拳の勢いが、大津波を思わせるほどの熱湯の水圧を押し返すほどに跳ね上がり、シャクナゲに迫る。

「まだ火力が跳ね上がるとは……む？」

咄嗟《とっさ》に回避行動を行ったシャクナゲだったが、衣服の端が炎に触れて燃えた。それを見て熱湯で炎を消そうとするが……熱湯に浸かっても尚、炎は消えることなく、衣服を端から焼き尽くそうとしている。

「《炎よ、消えろ》」

訝《いぶか》しんだシャクナゲは権能魔法を使う。自分自身が使った魔法には効果が無くても、他者が使った魔法には効果がある。これによって炎を消そうとしたのだが、依然炎は消えることが無い。

「まさか……水神《私たち》の〝液体の状態を維持する〟力と類似する、どれほど水を浴びせても消えることのない、酸素や可燃物なしに燃え続ける、炎神の〝炎の状態を維持する〟力……？　あれは炎神の血統だけが持つ力でしょう……!?　どうしてたかが人類の魔術師がこの炎を……!?」

「炎神は、昔腐るほど仕留めたからな。その力のメカニズムを解明し、自分のモノに出来るくらいに、な」

その声と共にシャクナゲに……より正確に言えば、彼女の危機回避本能に届いたのは、途方もない熱量と魔力の増大による威圧と、遥か古に魂にまで刻み込まれた恐怖。

「熾《お》きろ、《火焔式・源理滅却《アヴェスター》》」

全身に脂汗を流しながら錆《さ》び付いたような動きでシヴァの方に振り返ってみると、そこには周囲に漂う雲海を消し飛ばしながら佇《たたず》む、青白い閃熱を衣にして身に纏う、1冊の魔導書を手に持つ、破壊の権化と呼ばれた化け物。

「お、お前は……！」

幾度も挑み、幾度も敗れ、その度《たび》に歯牙にもかけられずに今日この日まで生き延びた記憶が全力で警鐘を鳴らす。先ほど脳裏によぎったあり得ない可能性……それが当たっていたのだ。

自身が超えるべき父を殺し、数多の英雄や神々を殺し、そして世界そのものを焼き尽くさんとした最強最悪の不倶戴天《ふぐたいてん》。

「世界の敵……《滅びの賢者》、シルヴァーズゥゥウウウウウッ!!」

「だからそれは誤解なんだってばぁあああああああああっ!!」

熱湯の大津波が四方からシヴァを押し潰さんと迫る。真っ先に攻撃を仕掛けたのは、恐怖による自己防衛本能によるものなのか、はたまた父の敵を討とうとする情からくるものなのか、もしくは神としての自尊心によるものなのかは分からない。

だが結論だけ言えば……決して消えることのない水神の水による、怒濤の全力攻撃は……シヴァが纏う青白い閃熱に触れた途端、素粒子ごと焼失した。

森羅万象例外なく、どのような事象が起こるよりも先んじて全てを焼き滅ぼす灼熱の前には、如何《いか》に水神の力を受けた莫大な水流であっても意味をなさない。阻むモノなど無いかのように燃え広がる閃熱は、時間を捩《ね》じり、空間を歪め、シャクナゲが創造した異界をも破壊し始める。

(どうして時空の狭間《はざま》に追いやられた奴がここにいる!? どうして人類の真似事などしているというの!?)

いるはずのない不倶戴天の仇敵《きゅうてき》にして、数多くの神族たちを恐怖のどん底に陥れた怪物の登場に動揺を隠せないシャクナゲ。しかも世界を滅ぼさんとする化け物だと信じ切っていた相手が、今の今まで人の学生の真似事をしているという認識になっていることも相まって、混乱は最高潮に達して思考が一向に纏まらない。シャクナゲ自身、幾度も戦ったからこそ、自身と《滅びの賢者》には埋め難い実力差があるということを嫌というほど理解している。

「さぁて……消し飛ばす前に聞いておきたいんだけど」

先ほどまでの威勢は消え失せ、茫然自失《ぼうぜんじしつ》寸前のシャクナゲにシヴァは問いかける。

「俺はてっきり、神族と悪魔ってずっと敵対関係にあるものだとばかり思っていた。元々敵対しているという信仰的な概念から生まれた種族だからな。だから、俺はあの時からずっと疑問だったんだよ」

それは、悪魔の生贄にされそうになったセラを助けるために、アブロジウス公爵邸の中庭に向かい、そこを上空から見下ろした時の事。

「セラの実家の中庭をカモフラージュにして用意されていた魔法陣。あれは一見すると悪魔を召喚する類の魔法陣だったが……そこには悪魔を表す紋章の他に、神族を表す紋章も含まれていた」

「…………っ」

つまるところ、それは合作だ。本来手を結ぶことなどある訳が無いと思っていた2つの種族による、新しい魔法術式である。考えてみれば、本当に悪魔と神族が真に敵対関係のままなら、アブロジウス夫人として公爵邸に紛れ込んでいた神族シャクナゲが、悪魔を呼び出しかねない魔法陣を用意するマーリスを止めない筈がない。

「単に現世で活動するため、力を得るためだと考えれば、セラを生贄にしようとしたり、学術都市の皆の魂を魔力に変換しようとした理由は分かる。でもなぁ……お前ら神族や悪魔が人類に干渉しないようになった今の時代になって手を組み、コソコソ動き回っているのは不思議でならない」

シヴァが纏う灼熱はより一層その熱量を増していき、猛禽《もうきん》のように鋭い視線で神を射貫《いぬ》く。

「こんな平和な時代で、お前たちは一体何を企んでいる……!?」

「…………っっ!!」

その瞬間、シヴァは異界から元の世界に放り出された。それと同時にシャクナゲの魔力反応が、シヴァの探知範囲から消失する。

「権能魔法で逃げたか」

だが逃がさない。その意思を雄弁に物語る魔法陣が、シヴァの足元に構築された。

8

権能魔法でシャクナゲが逃げた先は、遥か数万光年離れた宇宙空間。大抵の生物ならば即死する、星々の光だけが光源の暗黒空間だが、神族や悪魔の強靭《きょうじん》な体をもってすれば適応できる場所でもある。

ここならば光速移動しても数万年単位の時を費やさなければ追いつけはしない。シャクナゲがそこまでして逃げおおせたのは、攻撃魔法は言わずもがな、《滅びの賢者》には権能魔法が通用せず、勝機が無いということを知っているから……というだけではない。

（ふざけるな……！　今になってあんな化け物に、邪魔をされてたまるか……！）

企みなど、あるに決まっている。しかしそれは死んでも口に出せないことだ。《滅びの賢者》という、神族や悪魔の目から見ても化け物な男に目論見《もくろみ》がバレれば、一体何をされるか分かった物ではないし、邪魔しに来れば防ぐ手立てが本気で見つからない。

（今は身を引いて、力を再び蓄えなくては……！　全ては――――）

その時、真空にあっても尚燃え続ける炎がシャクナゲの腕を包んでいることを思い出した。シャクナゲは水では消えない炎を腕ごと分離し、新たに腕を生やして炎から逃れたが……そこで疑問が頭によぎる。

どうしてこの時、シヴァは《火焔式・源理滅却《アヴェスター》》の炎を使わなかったのだろうか。自身の企みを詳《つまび》らかにするために、喋れる口を残しておきたかったからだと考えれば納得だが――

「よっ。さっきぶり」

「っっっ!?」

突如、ここに居るはずのない者の声が聞こえた。全身に悪寒が走り、振り返った時にはすでに遅し。声の主……シヴァは青白い閃熱を纏った腕でシャクナゲの胴体を引き裂き、体を真っ二つに両断した。

「何……で……!?　炎属性しかまともに使えない筈なのに……空間、転移を……!?」

「空間転移じゃないなぁ。俺が使ったのは召喚魔法だ」

召喚魔法。それは《魔弾《フォイア》》や《霊視眼《プシュケーズ》》と同様、シヴァでも問題なく扱える属性を持たない魔法……基礎魔法という、適性属性に依《よ》らずに使える魔法の一種だ。

小動物から悪魔、神族といった、喚《よ》び出す対象の所縁となる触媒を用意し、術者の元へと瞬間移動させるという魔法だが、シヴァが使ったのはその応用。遠くに存在する自身の所縁となる触媒……炎の元に、自分自身を召喚したのだ。

「俺の魔力探知の範囲は最大でも大陸程度だが……炎の位置に関してだけ言えば、宇宙の最果てでも捉えることができる。お前を燃やしていた炎は、俺自身をお前の元に召喚するための、消えないマーキングだったってわけだ。今まで俺が、宇宙まで逃げた神族や悪魔を何体仕留めてきた

と思っている？」

「そん……な……！」

引き裂かれた胴体の断面に燃え移った蒼い炎が、頭に向かって肉体を焼失させながら進んでいく。神族の不死性すら無力化する滅びの火から逃げることは叶わず、シャクナゲは信じたくないという表情を浮かべた。

「ま、今日初めて会っていきなり永遠の別れってことになったけど、そんなん戦いの中じゃよくある話……そっちから仕掛けてきたんだから、逆恨みとかよしてくれよ」

「っ!!」

そしてそれが、シャクナゲにとって最も痛恨な一言だった。幾度も戦いを挑んだというのに、シヴァはまるで今日初めて会ったかのように言ったのだ。

それはつまり……これまでの戦いにおいて、シャクナゲは《滅びの賢者》にとって記憶にすら残らない、木っ端神族であるという証明だ。

「嫌……よ……私、は……絶対なる、天魔に至る為に……」

屈辱に胸中を占められながら、そんな言葉を最後に、シャクナゲという存在は肉体を霊魂ごと完全に塵1つ残すことなく焼失する。最後の素粒子を燃やす火の粉が僅《わず》かに宇宙を照らし、消えるのを見て、シヴァは眉根を寄せた。

「……天魔？」

末期に残した最後の単語が、シヴァの中でどうしようもなく引っ掛かった。

エピローグ

どうやら平和な世界でも、まだ厄介事が残っているらしい

1

時は遡《さかのぼ》り、《灰燼式・灰之鳳凰《マギア・フェニキシアン・グレイアー》》によって学術都市住民が蘇生《そせい》した直後の事。

「げほっ！　げほっ！　うぅ……い、一体何が……！」

止まっていた生体反応が急に動き出した影響で咳《せ》き込みながらも、ゆっくりと起き上がる人々。

一体何が起きているのか分からずに困惑する中、全住民の実に3割近くが鐘の塔の上を指さして
このような事を叫んだ。

「な、何だあれは……!!」

その声は人から人へと伝播《でんぱ》していき、やがて都市住民の過半数以上が鐘の塔の上に視線をやって……言葉を失った。

青白く輝く幻想的な羽根が降り注ぐ都市の中心。そこに居たのは、世にも美しい姿をした灰の翼を翻す女性。ただただ神々《こうごう》しさすら感じるその姿に、1人の男がこう呟く。

「女神様……いや、灰の霊鳥……!?」

女の姿は数秒ほどで、元からそこに居なかったかのように消え失《う》せる。……実際には元の姿に戻って、下からは見えない床へと屋上の上空から落ちただけだが。

しかし、この男が発した『女神』と『灰の霊鳥』というワードは、瞬く間に学術都市全域に広

がることとなった。

2

太陽神と水神の子、シャクナゲが人知れず起こした事件から幾日か過ぎた。

都市にいた全員が突然夜中まで意識を失うという大きな騒動によって、賢者学校の教員を始めとする大勢の魔術師が原因を調査することとなり、しばらく慌ただしい雰囲気が都市中に広がることとなった。

結論から言えば、シヴァが魔法陣を潰したこともあって、原因は不明ながらもかなり大規模な集団幽体離脱を起こしていたという事までは判明。蘇《よみがえ》ったとはいえ、自分たちが確かに死んでいたという事実に人々は困惑し、魔術師たちは更なる原因の究明に勤《いそ》しみ、一般人は生きているなら別にいいと言わんばかりに、日常へと戻っていく。

しかし、原因の究明活動に伴って、アブロジウス公爵家が保有する別荘とその周辺が炭化した更地となり、付近の海では茹《ゆ》で上がった大量の海棲《かいせい》生物の死体が水面に浮かんでいるという怪奇現象が発見されることとなる。

山の融解事件に続いて集団幽体離脱事件に、膨大な熱によって沸騰した海水で死んだと思われる多くの海棲生物たち。同時期に起こったこの3つの出来事が意味するのは……《破壊神》シルヴァーズの仕業であるという、安直ながらもあながち嘘でもない推察が今の人々の認識だ。

実に分かりやすい悪の偶像が復活したという世間の認識は、原因不明の事態に説明を付けるのには丁度いい。権力者たちは一切の責任をシルヴァーズに擦《なす》り付けることに。

げに恐るべき《破壊神》の許されざる所業に、人々は早急な五英雄の転生体の発見を求める一方で、このような噂《うわさ》が学術都市中に広まっていた。

「やっぱりさ、シルヴァーズに俺たちが殺されちまった後、灰の霊鳥様が人の姿を借りて降臨し、俺たちを救ったんだって」

裏通りにある本屋の店主はこう言う。

「そうよ！　何せ私たちは、霊鳥様のお姿をこの目で確かに見たんだから！」

商店街にある八百屋の娘はこう言う。

「霊鳥様のお姿はそりゃあもう美しくて、色っぽくてなぁ……生で見られなかった奴には心底同情しちまうぜ」

鐘の塔すぐ近くに住む大工はこう言う。

「《破壊神》がこの世に再び現れたのは、やはり破壊からの復活を司《つかさど》る霊鳥様からすれば見過ごせないことだったのでしょう。神の気配が薄れたこの時代に、再び神が舞い降りたのです」

そして灰の霊鳥の姿をこの目で見たという、創神教《そうしんきょう》の大司祭がこう言ったことにより、自分たちを救ったのはこの現世に降臨した灰の霊鳥の加護によるものだと、住民たちは信じ込み、現代に起こった神話は国境を越えて世界中に発信される。

時は移ろい、神が人と疎遠になった時代にあっても宗教的な力は甚大である。現代の魔術師たちでは説明が付けられない事態と奇跡は、最終的に「灰の霊鳥が人々を《破壊神》の魔の手から救った」ということで決着した。

「これは商売のチャンスだ!!」

そうなると人々の行動というのは途方もなく図太くなる事がある。話題は集客力と連動する……学術都市を拠点とする商人たちや観光役場の職員たちは灰の霊鳥グッズなるものを早速企画し始めたのだ。

しばらく様子を見て、各地から話題を十分集めれば、霊鳥による奇跡が起こった都市として全面的にアピール。学術都市に人を更に呼び込み、土産物を中心とした様々な商品を売りに出し、霊鳥が降臨した鐘の塔の頂上には、記念として新たに銅像が建てられることとなった。

「おお……ここが霊鳥様がご降臨なされたという鐘の塔か」

「わしらを救っていただき、なんとお礼を申せばいいのか」

「早くも霊鳥様の銅像が建てられることが決まったらしいぞ」

「そりゃあ縁起の良い。ありがたや〜、ありがたや〜」

鐘の塔には敬虔《けいけん》な創神教の信者や、信仰深い老人たちが訪れて拝んでいく。かくして、まだ始まらない世界的な一大イベント、魔導学徒祭典を前にして、学術都市の話題は灰の霊鳥一色となったのだ。

3

そして話題の中心人物。精霊化の魔法によって年相応の姿となり、都市の人々の命を救った張本人にして、今や《灰の霊鳥》と人知れず誤解されている、一見すると10歳そこらの子供にしか見えないセラはというと――

「…………」

「セラ……そんなコソコソしてて動きにくくないか？」

真っ赤になった顔をホワイトボードで隠しながら、道の端をコソコソと移動するようになった。

シヴァのように悪名が広まった訳ではないので、他者に憚《はばか》る必要はない……むしろ堂々としてでもいいくらいなのだが、セラの性格的にはそれも難しい。というか、堂々としようにも出来ないというのが正しいだろう。

「はぁ……霊鳥様。なんて美しいんだ。未《いま》だに瞼《まぶた》から姿が消えない」

「俺……これまで創神教とか信仰していなかったけど、これからは霊鳥様の為《ため》に毎日祈りを捧《ささ》げるよ」

「霊鳥様の素晴らしさを世に広めるために、将来は宣教師になろうと思う」

「霊鳥様ペロペロ」

学校に行っても買い物に行っても、どこに行けども聞こえてくるのは灰の霊鳥……すなわち、自分を褒《ほ》め称《たた》える話題。

内気なセラからすれば、この状況は鼻高々になるどころか非常に居た堪《たま》れない。ただでさえ褒められることに慣れていないのだ。このままでは恥ずかしすぎて死んでしまいそうになるくらい、顔が真っ赤になっている。

【これまで陰で色んな事を言われてきましたけど…………こういうのは、ちょっと……凄《すご》く、恥ずかしいです……！】

「気持ちは、分からなくもない。俺も良く知らない連中にメッチャ話題にされてたしな。……悪い意味でだけど」

この状況もあって、正体を明かすつもりは一切ないセラだが、その心情は憂鬱《ゆううつ》だ。

セラが精霊化した姿を知っているのは今のところ、エリカを始めとする5組のメンバーだけ……更に言えば、灰の霊鳥＝セラということを知っているのはシヴァだけだが、魔導学徒祭典に出場すれば灰の霊鳥の正体に気付く者もいるだろう。エリカやリリアーナ、グラントは灰の霊鳥の姿を見てはいないらしいが、石像を建てるとか言い始めているし、バレる可能性も高い。

一応姿を隠せるようにしようと思ってはいるが、これでもし、灰の霊鳥の正体が自分だと世間に知られてしまったらどうなってしまうのか……考えるだけで恥ずかしい。

「霊鳥様は俺の心を奪っていった……その責任を取ってもらうために、得意の探知魔法により一層磨きを掛けなきゃな」

「それは心底気持ち悪い上に傍迷惑《はためいわく》な話だな。恩人……恩鳥《おんちょう》？　に対してストーカーとかマジ止《や》めろ」

「…………っ。…………！」

聞こえてくる会話の内容が居た堪れなくて、セラはシヴァの服の裾をどこか遠慮がちに摑む。

（くっ……！　恥ずかしがりながら俺の陰に隠れるセラって可愛《かわい》すぎないか……!?）

そして見当違いな幸せを嚙《か》みしめているのが、現在最も（視線除《よ》けとして）頼りにされているシヴァである。

好いた相手が涙目でこちらを見上げ、「離れないでほしい」と視線で訴えかけられては、《滅びの賢者》と恐れられた男であっても抵抗など出来るはずもない。

（俺もセラももう17歳……もっと早くに出会って結婚してたら、すでに子供が2～3人居ても当然の年頃なんだよなぁ）

シヴァは未だ勘違いしているが、現代では全く当然ではない。しかしそんな事実を知らないシヴァは、そこから更に未来妄想図を頭の中で繰り広げる。

（俺とセラとの子供かぁ……もうメッチャ可愛いんだろうなぁ。生まれてくるのが娘だったら、将来俺は大変なことになりそうだ。…………しかし、子供が出来るということは――――）

ここに来て少し冷静さを取り戻したシヴァ。それ以上の事を考えるより先に、彼は自分の拳で自分の顎を下から殴りつけた。

衝撃は頭蓋《ずがい》を貫通し、轟音《ごうおん》と爆風と衝撃波が上空の雲をまき散らす、《滅びの賢者》の喝入れである。

【あ、あの……突然どうしたんですか……!?】

「な、何でもない。何でもないったら何でもないよ!?」

滝のように口から流れ落ちる血を拭いながら、心配するセラに取り繕うシヴァ。

（あぶねぇ……あまり考えすぎるのは、精神的に色々とよろしくない。せめてちゃんとした恋人関係になってからでないと）

シヴァも健全な17歳男子。セラとの間に子供を作るための過程にはかなり……心底……何よりも興味があると言っても過言ではないが、それを全面的に押し出せば引かれる事くらいは、男女関係の構築に関するアドバイスが綴《つづ》られた数十冊の本で予習済みだ。

幾ら同じ屋根の下で過ごしているからと言っても、理性が本能に負けてセラを押し倒しては、彼女に無用な恐怖を与えるだけだろう。余りその事ばかりを考えて妄想と欲求を膨らませ、ついつい事に及ぶくらいなら、それを防ぐために自身の顎を打ち砕く。セラの心の平穏を守れるのなら、その程度の被害、実に安いものだ。

（それに、おちおちその事ばっかり考えていられないかもだしな）

シャクナゲは言った……天魔に至る為に、と。

それが一体何を指し示す言葉なのかは分からない。しかし、シヴァの脳裏には1つの知識が過《よぎ》っていた。

かつて全ての神族は天に住むと言われ、呼び名も神族ではなく…………天族と呼ばれていたのだ。

（胸騒ぎがするなぁ）

何か良くないことが起こっている、それを直感したシヴァは頭を掻《か》きながら空を仰いだ。

（今更見つかるとは考えにくいけど……4000年前に無くした魔道具、一応捜しておいた方が良いよなぁ）

番外編

《滅びの賢者》と呼ばれた村人が所属するクラスの掃除風景は、超破壊的らしい

「それじゃあ、今週の1年5組の掃除場所は高等部校舎1階の廊下だから、皆頑張《みんながんば》って掃除しよう！」

「はーい」

「うぇえ……」

放課後、賢者学校の高等部校舎1階の廊下。高等部1年の1組から4組までの教室があるフロアに集まった三角巾とエプロンを着用した5組生徒。そんな彼らを前にしたエリカの言葉にシヴァは変なやる気を出しており、グラントは心底面倒臭そうに唸《うな》った。

「な、何で放課後になってまで校舎の掃除なんかしなくちゃなんないんだ……わ、私はゴーレムのし、試運転をしようと思ってたのに……」

「仕方ないじゃない？　これも学校生活の一環なんだし」

【それに……掃除するのは良い事だと、思います……】

特に気にした様子もないセラとリリアーナは、嫌そうなグラントを宥める。

学校は生徒自らが清潔に保つというのが、賢者学校における伝統のようなものだ。大体の事は校舎に日替わりで寝泊まりしている用務員が掃除しているのだが、ある程度は生徒たち自身にも掃除をさせている。

名目としては、掃除を通しての健全な情操教育の一環。実際には、広大過ぎて人手が足りない学校敷地内の美化活動に必要な人員を体《てい》よく確保するためだ。

だが成績によってクラス分けがされるという実力主義に方針を変えた賢者学校では掃除の体制にも変化が生じ、落ちこぼれクラスである5組は最も広い範囲を掃除し、4組、3組と序列が上がるごとに掃除は楽なものに。1組に至っては掃除自体を免除されているらしい

「あははは……まぁ、掃除には被害が出ない範囲で魔法を使ってもいいし、きっと皆が思っているよりも早く片付くよ」

しかしそこは魔法を教える学校。掃除にも魔法の使用を許可していて、掃除範囲に反して早く終わらせることもできる。……あくまで、掃除に適した魔法が使えればだが。

「とりあえず皆にはこの棟の1階廊下の掃き掃除と、窓拭きをしてもらうことになったから。先生はこれから放課後の定例会議があって参加できないけど、掃除に役立ちそうなのを用意しておくね」

そう言ってエリカは水を貯めたバケツの底や雑巾、箒《ほうき》などに魔力の燐光《りんこう》で魔法陣を描いていく。

【その魔法陣はなんですか……?】

「えっとね、これは《塵埃落《ダウスト》》っていってね、これが描かれた箒や雑巾で掃除する時、埃《ほこり》や塵《ちり》を舞い上がらせず、窓や床に纏《まと》わりつかせないことで掃除しやすくするっていう、生活魔法の一種で……この《塵埃落《ダウスト》》の魔法陣が描かれた濡《ぬ》れ雑巾で窓を拭くと……」

何か土魔法をぶつけた後なのか、砂のようなものが大量に付着した窓をエリカは魔法陣が描かれた雑巾で一拭き。すると、雑巾の繊維や水による濡れ痕すらも残さず透明感を完全に取り戻し

ていた。

「そしてこのバケツで汚れた雑巾を濯《すす》ぐと……ほら、真っ黒になってた雑巾の汚れが取れて真っ白になったでしょ？」

「おぉ!!　バケツに入れた水の洗浄力を極限化させ、底に汚れを沈殿させ続ける魔法みたいですね！」

人の営みを便利にする……まさに生活魔法とはよく言ったものだ。４００年前には考案すらなかった魔法にシヴァは感心し、常日頃から屋敷の掃除を任されているセラは目を輝かせる。

「あはは……そんな大層なものではないけれど。と、とにかく、先生はそろそろ行くから、終わったり、何か問題が起きたら職員室まで報告しに来てね。魔法は周りの物を壊さない程度なら使ってもいいから」

エリカは照れたように笑うと、そのまま職員室へ向かう。残された4人はそれぞれ掃除を開始した。

「さぁて、俺は窓拭きでもすっかな」

「っ!?」

「そう？　それじゃあそっちは2人に任せるとして、私とグラント博士は床掃除でもしようかしら」

いそいそと雑巾を握るシヴァを慌てて止めようとした矢先、ブチリという、繊維を力ずくで引き千切った音が廊下に響いた。

「お、お前……一体何やってんの……？　雑巾真っ二つじゃんか」

「……雑巾を絞っただけなんだけど……おかしい、あんなに練習して千切れないようにしたのに」

「いや、普通雑巾は絞っただけじゃ千切れないと思うんだけど……」

無残な姿になり果てた雑巾を手に泣きそうな顔をしているシヴァに、グラントとリリアーナは信じられないといわんばかりの表情を浮かべる。手加減知らずだとは知っていたが、まさか雑巾すら満足に絞れない程とは。

【あの……シヴァさん、家の雑巾は色んな魔法陣を描いてましたから……】

「そうだった……！　強度を上げる魔法をこれでもかと付加してたの忘れてた……！」

セラが見せてきたホワイトボードの文面にシヴァはハッとする。家にある雑巾と同じつもりで絞ってしまうという単純なミスを犯してしまったのだ。

「普通に絞ったら千切れるのなら、雑巾を丸めて握ればいいんじゃないかしら？」

「っ!?」

「そうか！　その手があったか！　リリアーナ……お前、天才かよ!?」

「お、お前……本当に窓掃除任せて、だ、大丈夫なんだろうな……？」

盲点過ぎて目から鱗《うろこ》が落ちそうな様子のシヴァとセラに、グラントは心底心配そうな声を掛けるが、当の本人は自信満々の笑顔と共に説得力の欠片《かけら》もないサムズアップを見せる。

「任せろ。俺は常日頃から掃除の練習をしている。ここで特訓の成果を見せてやろうじゃないか」

掃除に練習なんて必要なのだろうか？　そんな疑問と、そこから生じる不安を何とか押し殺しながら、グラントとリリアーナは床掃除を始めた。互いに手慣れた動作ではないものの、身体強化魔法とエリカが魔法を施した箒によって速やかかつ迅速に埃が纏められていく。

「出来る……出来るぞ……！　普段はまともに掃除が出来ないけど、このエリカ先生の雑巾があれば、窓の汚れがバッチリ取れる！　後でこの魔法教えてもらおうっと！」

【あの……私も一緒に聞きに行っても、いいですか……？　この魔法、本当に便利だから……】

脇目でシヴァとセラの様子を窺《うかが》ってみると、シヴァはぎこちない動きで窓を拭いていて、それとは正反対にセラは手際よく窓を拭いている。

しかし悲しいかな。背丈が低すぎて、セラは窓ガラスの上半分を拭けていない。それを見かねたシヴァはセラが居る側に回り込み、彼女を抱え上げた。

「ほれ、これで拭けそうか？」

【あ、あのシヴァさん……気持ちはとても嬉しいですけど、この格好は……】

「……はっ!?　わ、悪い。つい……」

何やら顔を赤くしながらモジモジし始める2人。見る者が見れば、砂糖でも吐くんじゃないかというくらい甘ったるい光景に、グラントとリリアーナは不審なものを見るような目をシヴァに向ける。

(なぁ……シヴァってもしかして……)

(しっ！　時にはスルーすることも大事よ。というか、クラスメイトが衛兵のお世話になる光景なんて、想像したくないし)

とりあえず見なかったことにした。別に違法行為をしている訳でもないし、下手に突いて藪蛇《やぶへび》だったら、明日からどう接すればいいのか分からなくなってしまいそうだ。

「それにしても、私自身掃除なんて初めてだけど、結構労力が掛かるものなのね。屋敷のメイドたちの努力が窺えるわ」

話題を逸《そ》らすためか、リリアーナはグラントに気分も口調も切り替えて喋《しゃべ》りかける。

「な、何でそんな事、わ、私に言うんだよ……？」

「あら？　手も止めていないし、クラスメイトと仲良くお喋りしたいと思ったのだけど、ダメかしら？　ダメなら黙ってるけど」

リリアーナの言葉に、グラントはそっと顔を背けた。相変わらず、妙に懐の内に入ってくるのが上手《うま》い少女である。言い方も妙に卑怯だし、そんな言い方をされたら無下にもしにくい。

「ふん…………き、生粋《きっすい》のお嬢様だって聞いたし、シ、シヴァみたいに変なことするんじゃないかと思ってたけど……あ、案外普通に掃除するんだな」

「別に内容そのものは難しくないもの。見よう見まねでもある程度は出来るし、人なんて大抵のことにはすぐに適応出来る生き物だと思わない？」

あっけらかんと、さも当然のように言い切るリリアーナに、グラントの表情に僅《わず》かな翳が差した。

（そんな風に考えられるなんて、幸せな脳味噌《のうみそ》した奴《やつ》…………皆がそうなら、どれだけ…………）

そんなことを考えた次の瞬間、凄《すさ》まじい破砕音と共に廊下の壁が吹き飛んだ。

「「…………は？」」

飛び散るガラスと壁の石材。風通しが良くなったのを通り越して、壁そのものが無くなってしまった廊下を見て、リリアーナとグラントは全く同じ反応を見せる。

そしてすぐに原因に思い至る。こんな事をする奴なんて、１人しかいない。

「ねぇシヴァ君、一体何をやっているのかしら？」

「ち、違うんだ」

一体何が違うのか。ただ窓拭きをしていただけで、どうしてこうなるのか。顔は笑っているのに目が全く笑っていないリリアーナに怯《おび》えた様子で、シヴァはしどろもどろに言い訳を始める。

「ほら、あそこに挽肉《ひきにく》になった死体があるだろ？　実はあいつがセラを魔法狙撃でいじめようとしてたな、俺はそれを止めるために……」

「だからってどうして壁が全損することになるのかしら!? 貴方《あなた》は穏便に事を収められない病気か何かなの!?」

【シ、シヴァさんは悪くないんです……！ 元はといえば、私が原因で……だ、だから怒るなら私を……！】

「セラさんもシヴァ君を甘やかさない！ ……はぁぁぁぁぁぁぁ、もうっ。とりあえず、シヴァ君は瓦礫《がれき》やガラス片を纏めるように！ あとで修繕魔術師を呼ぶことになるから！」

「そ、そんなことに時間なんてかけられるかっ。わ、私だってこの後予定があるのに……っ。こ、このくらいの修理、私が……」

苛立《いらだ》ちを隠す様子もなく、グラントは宙空に魔法陣を描き、魔力を注ぐ。すると破砕された校舎は時を巻き戻すかのように、破片が元に戻って壁や窓ガラスを形成していき、僅か数分足らずで校舎は綺麗《きれい》に修繕された。

「おぉぉぉっ!? マジか!? 超綺麗に元通りになってる！ 俺の《隕合錬岩《アルルド》》じゃこうはならない……グラント、俺お前の事を初めて凄《すご》い奴だって思ったぞ!!」

「ば、馬鹿にしてるのか!? わ、私は錬金魔法を専攻してるんだぞ……こ、このくらいの修理なんて、で、出来て当たり前だ」

「それでもこの腕前は見事としか言いようが無いわ。流石《さすが》は天才魔法工学者……鉱物類の操作に関しては、この学校で右に出る者は居ないんじゃない？」

「こ、こんなくだらないことで褒められても……」

顔を赤くしながらしどろもどろになるグラントに、ホワイトボードを持ったセラが近づく。その目はまるで子供のように輝いていた。

【やっぱり、グラントさんは凄い人なんですね】

「あ……うぅ……ふ、ふんっ！」

グラントは言い返す言葉が見つからず、3人に背中を向けて拒絶の意思を示すように、一心不乱に廊下を掃き始めた。

グラント・エルダーは人嫌いである。人と話すことはおろか、人が自身の近くにいることすら苦痛に感じるほどだ。

…………しかし、1年5組という環境だけはそれほど苦痛には感じない。その事に彼女が気付くのは、もう少し経《た》ってからの話である。

あとがき

今年の夏は家や職場に出現したムカデやゴキブリ、クモやハチ、蚊と格闘する夏でした……。姫路市は山が多い地方都市ですからね、結構虫が多いんです。極稀に、街中にカブトムシが出てくるくらいには。

せっかくの夏なのに、職場のすぐ近くにプールもあるのに、害虫とばかり戯れて一体自分は何をしているんだと、少し愕然とした夏でもありました（笑）。

そんな訳で、読者の皆さんお久しぶりです！　《世界中から滅びの賢者と恐れられたけど、4000年後、いじめられっ子に恋をする》、略して《滅恋《ほろこい》》の作者、大小判です！

他にも2作品、「小説家になろう」から書籍化に至った作品があるので、そちらの読者様も、改めてお久しぶりです！

この第2巻のあとがきまで読んでくださり誠にありがとうございます。ペットのカニンガムイワトカゲのヘタレーヌ・ヘタレミアン、略してヘタレちゃん共々、東西南北の読者様に向かって頭を下げざるを得ません。

さて、このままでは延々と感謝の言葉を綴ることになりそうなので、閑話休題。

ところで、第1巻ご購入の読者様は、1巻のあとがきでいつかセラの着想秘話を語りたいと僕が書いていたことを覚えておいでではでしょうか？　今回は有言実行。セラの着想秘話を綴りたいなって思っております。

　セラのコンセプトはずばり、主人公との対比ですね。最強と最弱、自覚無しのいじめっ子といじめられっ子、男と女、ポジティブとネガティブ、家事スキル壊滅と家庭的……少し羅列してみるだけでも結構対極に位置することが分かる二人です。

　そしてこの第2巻でも執筆したように、灰の精霊として再生に特化したセラと、破壊に特化したシヴァという点でも、二人は対極ですね。

　第1巻では守られるだけの存在としての印象が強くあるかもしれませんが、実は成長するにつれてシヴァが出来ないことを補い、互いに支え合える……まさにヒロインとして相応しい存在になっていくキャラクター……それがセラです。

　これはシヴァにも言えることで、1巻のあとがきでも書いたことですが、可もなく不可もないヒロインっていうのも味気ないし、何らかの欠点が欲しいと思って、戦闘能力（現状では）皆無、ネガティブで気弱という要素を盛り込みましたね。

　生い立ちもあって合法ロリなセラですが、2巻では遂に大人化……というには語弊がありますが、年相応の肉体になれるようになりました。これにより、セラは合法ロリ美少女と精霊巨乳美少女の2つの側面を併せ持つ、1人で2度おいしいヒロインになりました。

　元々、昨今のなろう小説にしては多い属性を持つセラに、新たな属性が加わりましたね。そんなセラにアホ毛という、作者すら想定していなかった萌え要素を加えたＮａｒｂａｃｋ先生が描いた精霊化セラは、現状一番のお気に入りです。

　では、そろそろ紙幅が足りなくなってきたので、この辺りで失礼したいと思います。制作に携わってくださった方々、読んでくださった読者の方々、本当にありがとうございます！　いつか第３巻が発売されることを願いながら精進していきますので、これからも大小判の活動を応援していただけると幸いです！

二〇二〇年十月吉日　大小判

この本を読んでのご意見・ご感想・ファンレターをお待ちしております。
<宛先>　〒104-8357　東京都中央区京橋 3-5-7
（株）主婦と生活社　PASH! 編集部
「大小判」係
※本書は「小説家になろう」（https://syosetu.com）に掲載されていたものを、改稿のうえ書籍化したものです。

PASH! ブックス

世界中から滅びの賢者と恐れられたけど、4000年後、いじめられっ子に恋をする2

2020年11月9日　1刷発行

著　者	大小判
イラスト	Nardack
編集人	春名 衛
発行人	倉次辰男
発行所	株式会社主婦と生活社 〒104-8357　東京都中央区京橋 3-5-7 03-3563-5315（編集） 03-3563-5121（販売） 03-3563-5125（生産） ホームページ　https://www.shufu.co.jp
製版所	株式会社二葉企画
印刷所	大日本印刷株式会社
製本所	株式会社あさひ信栄堂
編集	山口純平
デザイン	伸童舎

　ISBN978-4-391-15527-3

Sekaiju kara,
Horobi no Kenja to
Osorerareteta kedo,
4000 nengo,
Ijimerarekko ni
Koi wo suru